HEYNE <

Uwe Steimle

Uns fragt ja keener

Ostalgie mit Ilse Bähnert
und Günter Zieschong

WILHELM HEYNE VERLAG
MÜNCHEN

HEYNE ALLGEMEINE REIHE
Band-Nr. 01/13509

Umwelthinweis:
Dieses Buch wurde auf chlor- und
säurefreiem Papier gedruckt.

3. Auflage

Taschenbucherstausgabe 01/2002

Wilhelm Heyne Verlag GmbH & Co. KG, München
Printed in Germany 2003
Umschlagillustrationen: MDR © 1997 by Eulenspiegel Verlag
Umschlaggestaltung: Nele Schütz Design, München
Satz: Schaber Satz- und Datentechnik, Wels
Druck und Bindung: Ebner & Spiegel, Ulm

ISBN: 3-453-19992-8

http://www.heyne.de

Sächsisch, griddisch, un-boliddisch

Für Trudel S.

Mein Dank gilt:
Dr. Bernhard Gentsch und Tom Pauls

Inhalt

Ostalgien

Vorwort

Liebe Leser in aller Welt,
in eigener Sache. Die deutsche Sprache ist eine schwere Sprache, die sächsische eine noch schwerere, denn sie ist dialeggdischt.

Was nun den Dresdner Dialekt betrifft, so habe ich diesen im folgenden nicht bis zur letzten Konsequenz durchgemährt, sondern nur soweit, wie es als Beweis der Zugehörigkeit zur sächsischen Völkerschaft unumgänglich schien. Scheinbare Inkonsequenzen sind somit eben nur scheinbare und von südelbischen Patrioten höflichst zu entschuldigen. Mal heißt es »Sie« und mal »Se«. Das müsse Se doch wissen. Aber: Sie müßten das doch eigentlich wissen. Je nachdem. Desgleichen bei »e mal« oder »ee ma«. Das wollte ich Ihnen e mal sagen. Und: Ee ma wollte ich Ihnen das wenigstens sagen. Frau Bähnert und Herr Zieschong, mir eher schon als Ilse und Günter vertraut, sprachen auch das ma (mal) oder ega (egal) so, wie ihnen grad zu Mude wor. Immer spricht mor ja oh ni so. Anstelle dieses »oh« entschloß ich mich mutig für »ooch«, auch wenn das zu Verwechslungen mit dem Berlinischen führen könnte. Es geschah, um Irrtümer zu vermeiden. Und das woll mer dor alle ne.

Die sächsische Weltöffentlichkeit hat ein Recht zu erfahren, wie der Dresdner schreibt. Denn wie man schreibt, so spricht man, und wie mor spricht so denkt mor. Mir geht es vor allem darum, daß auch Fremde – also Mitbürger die außerhalb Sachsens leben müssen, zu unserem Sprooch-,

Dengk- und Schreibverständnis Zugang finden mögen. Dennoch – der Pieschener Dresdner unterscheidet sich golosal von ehm vom Weißen Hirsch – gänse gloobn.

Deswegen die generelle Vereinfachung. Übrigens der Stadtbezirk Pieschen wird so gesprochen: Pie - schen, und eben nicht Pies - chen, wie uns bayerische Besatzungs-Moderatoren weismachen wollen.

Aber mir Sachsen sind kombromißbereit. Bei uns sind alle Abstufungen des Sächsischen vertretbar und zulässig, sofern es sich um das Wörtchen »oh« oder »ooch« oder »auch« handelt. Darüberhinaus hielt ich mich an die Regel der Möglichkeit und nach Möglichkeit an die Regel. Und schließlich will mor ja verstanden wern. Sonsd hädde isch nähmlich so schreim müssen, und das däte mir un oh andorn gor ni gefalln dun. Einen Nichtsachsen mit fortgeschrittenen Kenntnissen im Umgangssächsisch erkennen Sie übrigens sofort am Testwort Sparkasse. Es heißt im sächsischen Urton eben nicht »Sporkosse«, sondern differenziert »Sporkasse«.

Ansonsten geht es Ihnen mit diesem Büchlein wie mit dem wirklichen Leben, der Gesellschaft und dem ganzen System. »Mir hädden das erscht ma leasen solln, da könnt morsch jetzte kostenlos zurügggäbn – un wern de Gosten los.«

Dennoch Spaß beim Leasen, äh lesen

Ihr Uwe Steimle

Euro 2002

Samstag nachmittag auf der Schwebebahn in Dresden-Loschwitz. Gerade schwebt der Waggon ein und speit Ilse Bähnert aus, die wie immer auf dieser Hängepartie den Dederonbeutel und Gummigießkanne mit sich führt. Günter Zieschong, eine rote Rose – holländische Nachzüchtung des Adenauerschen Originals – in der Hand, will die Bahn besteigen. Fast stolpert er über die Bähnerten.

»Ach, de Frau Bähnert! Sie ham wohl was gut zu machen. Wo komm Sie denn her?«

»Von oben – Ich war doch bei mein Herbert!«

»Beim Herbert?«

»Nu, bei mei Seelichen.« Frau Bähnert faltet in Andacht die Hände. »Herr Zieschong, morgen ist doch Totensonntag, da ist doch offm Friedhof de Hölle los! Da erlaatschen se sich doch. 's ganze Jahr is dor Friedhof wie ausgestorben, aber am letzten Sonntag vorm erschten Advent fällt's 'n Leuten plötzlich ein, dasses außer Hertie und Karstadt ooch noch andre höhre Werte gibt im Lähm.«

Herr Zieschong nickt beifällig. »Totensamstag, das hamse richtsch gemacht, da brauchen Se morgen ni ans Grab rammeln.«

»Nu glar, da hab ich's hinter mir. Na und Sie, Sie warten wohl off beßre Zeiten?«

»Apropos, hamse das gehört? Die wollen uns spätestens im Jahr 2002 's Westgeld abschaffen!«

»Was?! Nee, das weeß ich doch noch gar ni. Unsere

D-Mark abschaffen?! Nu, für was ham mir 'n die da denn gewählt – 89? Das hätten se uns ruhig vorher sagen könn'!«

»Frau Bähnert, das hat was mit der sogenannten Geldmenge-M3-Umlaufspareinlagenliquiditätsreferenz zu tun.«

»Bitte, was? Lidl-li ...?«

Zieschong strafft sich. »Off deutsch: mir ham zuviel Geld!«

»Wer – mir?«

»Na, zum Beispiel, Sie! Sie ham doch äh Nummernkonto in der Sächsischen Schweiz.«

Frau Bähnert ist entrüstet. »Ach, da ham Sie mich wohl beobachtet? Se könns wohl nich lassen. Herr Zieschong, nur eins zur Klarstellung! Ich war einmal bloß unterwegs, nu mit'm Doof Jones hinten an Barberine, und da ham mir den Dax beobachtet, wie der plötzlich abgestürzt ist ...«

»Abgestürzt?«

»Aber ja«, Frau Bähnert wirft sich in die Brust, »doch ich hab ihn gestützt, bevor er ins Bodenlose fiel.«

»Frau Bähnert, Sie sin ja richtsch bewandert. Da zieh ich 'n Hut.«

Tut es.

»Ja, mei guter Herr Zieschong, der Gang zur Börse ist nicht jedermanns Sache, gerade in der Schweiz.«

»Hier geht's aber um Deutschland. Ich will Ihnen mal was sagen, Frau Bähnert, das hat alles System. Der private Deutsche hat Spareinlagen in Billionenhöhe, und der Staat is hochverschuldet. Früher ham se Kriege geführt – um de Vormachtsstelle in Europa ... – um de Spareinlagen ...«

»... oder ne Inflation hat zur Geldentwertung geführt. Und wenn das alles nich fruchtet ...«

»... wird neues Geld erfunden!?!«

»Genau, Herr Zieschong, de Euro-Währung.«

»Das sind ja düstere Aussichten. Was soll mor denn nu noch mit sein Geld machen?«

»Jeden Tag leben, so als wär's der letzte.«

»Und was schwebt Ihnen da so für heute vor?«

»Ja, was schwebt? Na ja, offn Friedhof war ich ... und wenn Sie mich so einladen, ä Dässl Bohnenkaffee offn Balkong Europas ...«

Der Fahrer der Schwebebahn klingelt ab, gerade noch springen Frau Bähnert und Herr Zieschong in den Wagen. Herr Zieschong ächzt. »Gott sei Dank, noch geschafft!«

Frau Bähnert blickt aus dem Fenster. »Deutschland is schon herrlich!«

»Das is ä Paradies.«

Frau Bähnert schüttelt den Kopf. »Nu-ar, immer's Paradies is ooch de Hölle!«

Herr Zieschong nickt.

»Übrigens, Frau Bähnert, wissen Se, wenn die innere Einheit Deutschlands wiederhergestellt is?«

»Nu, im Jahre 2002.«

»Näe, wenn der letzte Ostdeutsche aus'm Grundbuch gelöscht ist!«

E ma übern Tellerrand gucken

Frau Bähnert und Herrn Zieschong hat's geschmeckt. Sie sitzen am Eßtisch im Wohnzimmer. Der Fernseher läuft. Man sendet einen Naturfilm aus Böhmen. Herrn Zieschongs Gesicht ist vom Teller verdeckt, den er gerade genüßlich ableckt. Frau Bähnert guckt auf ihren Teller mit Speiseresten.

»Schlesisches Himmelreich und 's Böhmsche Paradies. Das schmeckt. Is das ni herrlich, Herr Zieschong, 's Böhmsche Paradies?«

Sie kratzt die Reste vom Teller. Herr Zieschong spricht, ohne seinen Teller abzusetzen. »Also, das eenzsche, was ich sehe sind Dörfer – vor mir ans böhmsche.«

»Mensch, Se müssen ooch e ma übern Tellerrand gucken.«

»Es sieht da drieben trotzdem ni paradiesisch aus – bei aller Phantasie.«

»Das Böhmsche Paradies heißt doch bloß so – noch von früher – als es 'm Honza noch gut ging ...«

»Dem ging's besser als uns – aber jetzt geht's 'm Tschechen dreggsch ...«

»Früher, zu Ostzeiten, war ja de Tschechei für uns so was wie der Westen – Pedrokaugummi, süße Sahne aus der Tube ...«

»De Tschechen – jetzt sind mir der Westen – und die – das sind ganz arme Schweine.«

»Die lern' das schon noch ...«

»Was?«

»Wo's langgeht. Außerdem – fleißig is dor Tscheche, vielleicht sogar der fleißigste von dem ganzen Ostgesockse – und nicht totzukriegen ...«

Herr Zieschong setzt endlich den Teller ab. »Eene Küche ham die. Sie, kochen gan der Tscheche: Böhmsche Blasknödel, tschechische Biermusik – schön schmeckts – schön und billig!«

»Und die Sliwo-Witze.«

»Nuja, mei Humor isses ni ... aber das lern' die schon noch ... Nu aber wie sich der Tscheche off Europa vorbereiten dut, alle Achtung ...«

»Dor Tscheche gehört doch gar ni nach Europa – der will erscht ma dorthin ... also, da müssen se noch lern' ...«

»Das lern die schon noch – ham dor uns vor der Haustür.«

»Nu, und wenn er's wirklich ma vergißt – dor Tscheche – wird er abgewertet.«

»Tja, der Weg nach Europa is schon steinig.«

»Nich umsonst sagte der Kanzler: Deutschland is der Nabel von ... Deutschland.«

»Hat er gor ni gesagt. Se zitieren falsch. Er hat gesagt: Mer sind der Kern von Europa!«

»So – und was is da der Tscheche?«

»Nu, 's Gehäuse.«

»Und de Ungarn?«

»De Ungarn? Sind de Schalen – die fliechen weg ... Die schaffen's eh ni ... zum Kern ... vorzustoßen.«

Frau Bähnert und Herr Zieschong kringeln sich über den gelungenen Witz.

»Aber alles, was recht is – arbeiten kann er – unser Tscheche.«

»Wenn mer sich ma überlegt, wie lange mer für unser Europa gebraucht ham. Vierzsch Jahre!«

»Nu, da möcht' er sich sputen, sonst schafft er 'n Anschluß nicht.«

»Dann schaffen mer den eben.«

Herr Zieschong lehnt sich satt zurück. »Nee, es is schon schön: Deutschland in Europa!«

Frau Bähnert nickt. »Noch schöner wär' Europa in Deutschland!«

Aufschwung geklärt

Herr Zieschong hockt auf einem Schemel neben Frau Bähnert neben dem Innenklosettbecken und setzt den demontierten Druckspüler nach Auswechseln einer Gummidichtung wieder zusammen. Frau Bähnert schaut ihm interessiert zu.

»Und das war wirklich Ihre letzte Friedens-Dichtung, Herr Zieschong?«

Herr Zieschong seufzt. »Alles geht einmal zu Ende, Frau Bähnert.«

»Denn muß ich mir wohl 'n Chromspüler zulegen?«

»Ich hab noch än' liegen, den hat mir meine Nichte aus Rüsselsheim geschickt, damals, vor der Wende, falls mein Blastespüler 's ma nich mehr bringt. Abor där spüld noch immer.«

Frau Bähnert nickt. »Ja, da hamse noch an uns gedacht, die da driem.«

Herr Zieschong guckt grimmig. »Also, von mir aus können se den Soliditätszuschlag im Westen abschaffen.«

»Ja, nur! Mir ham jetzt genuch, und wenn wirklich noch was gebraucht wird, dann zahln mir ehm alleene weiter.«

»Früher wor das ja ma andersch, mir hatten hier ne schöne Wende und die driem en schönen Aufschwung.«

»Aber damit ist's ja nun vorbei. Der Westen ist ähm och nicht mehr das, was er mol war.«

»Fast kriescht mor den Eindruck, als ob se uns wieder losham woll'n. Dabei liegt doch das Geld off der Straße.«

»Off der Straße ni – aber in' Straßgräbschen ...«

»Was?«

»Ja, de Trudel, die wohnt doch in Straßgräbschen – mit zweehundert andren Seelen, und die ham doch jetzt 'ne Kläranlage gekriegt – aus'm Westen. Für zwanzigtausend Einwohner!«

»Müssen die denn so oft?«

»Die müssen noch viel öfter – in Zukunft –, wenn se's Soll schaffen wolln. De Trudel rennt drei ma am Tage offn Thron, aber sie schafft's ni – des Soll. Desdewechen unterstütze ich doch de Trudel, wenn ich nur kann – aber ich kann ooch ni immer. Zweemal die Woche fahr ich nach Straßgräbschen – zwecks Klärung einer dringenden Angelegenheit.«

»Sie abortieren für'n Westen?!?«

»Herr Zieschong, zügeln Sie sich in Ihren Vulgarismen.«

»Aber wer ni muß, wie schaffts der? Hamja nicht alle so 'ne tatkräftige Unterstützung.«

»Für den liegen im Bürgermeesteramt Früchtewürfel aus: ooch ausm Westen.«

»Ich frache misch nur, wieso uns der Westen solche gigantischen Kläranlagen in de Landschaft donnert?«

»Herr Zieschong, das hat doch der Kanzler gefordert, ja, der hat doch gesacht, die Einheit sei ein geradezu ›dringendes Bedürfnis‹!«

»Na ja, gut, aber entscheidend ist doch, was hinten dabei rauskommt, Frau Bähnert.«

»Genau – und das muß nu erschte mal geklärt wern.«

... und umgekehrt

Ein Wende-Nonsens aus dringendem Bedürfnis sowie aus Günter Zieschongs illegalem Postwende-Brigadetagebuch

Genossen Bundesbürger,
im Auftrag des Zentralkomitees der SED übergebe ich heute feierlich die einmillionste Kläranlage über den Plan an die Bevölkerung von Wiebelskirchen. Sie ist ein Geschenk der Nationalen Front an die Nationale Front. Vierzig Jahre Knechtschaft, vierzig Jahre Anhalten – ja, nicht gehen dürfen, nicht einmal in dringenden Angelegenheiten – das war die Folge der abenteuerlichen Politik der Bonner Ultras. Mit Stolz, ja, mit großer innerer Befriedigung kann ich heute einschätzen: die Kombinate Siemens, McDonalds und Henkelspee schreiben erstmals seit der Wiedervereinigung rote Zahlen! Somit sind die Sieger von gestern die Bettler von heute. Jawohl, was der XIII. Parteitag beschloß, wird Wirklichkeit. Unsere marxistisch-leninistische Partei hat im laufenden Fünfjahrplan im Westen Deutschlands kräftig inostiert. Damit schaffen wir die Basis für die Grundlage unseres Fundaments. Denn auch in der Marktwirtschaft läuft alles nach Plan. Deshalb war diese einmillionste Kläranlage über den Plan ein Gebot der Stunde. Sie ist Ausdruck aller friedliebenden Menschen guten Willens im Kampf um die inneren Organe. Mehr noch. Sie ist der lebendige Beweis tiefgreifender Umwälzungen an der Ruhr. Liebe Ruhrer, diese Kläranlage kann aber nicht einfach so – oder gar von ungefähr, denn nichts, aber auch nichts geschieht bei uns um seiner selbst willen. Entwickelt und projektiert auf der Messe der Meister von Morgen ist sie der Garant für die immer bessere Befriedigung der Bedürfnisse unserer Menschen im Kampf um die Sekunde – im Wettlauf mit der Zeit. Diese einmillionste Kläranlage über den Plan entstand unter

großen persönlichen Anstrengungen, nach Leibeskräften getragen und gestützt von den breiten Massen.

Natürlich höre ich schon wieder die Unkenrufe der Intellektuellen und Andersdenkenden, der Opposition, der Revanchisten und Hegemonisten: »Warum diese Eile?« Nun, Genossen Bundesbürger, dazu kann ich nur sagen: Es geht ums Eingemachte! Damit ist der Aufschwung geklärt!

In Betrieb genommen wurde die einmillionste Kläranlage über den Plan jetzt durch unseren Genossen Bergmann Borsig. Er übergab sie mit den Worten: Wer rechtzeitig abtritt und beizeiten geht, den belohnt das Leben! Freundschaft!

Genossen Bundesbürger!
Zum bevorstehenden Weihnachtsfest übermittle ich Euch brüderliche Kampfesgrüße. Vieles wurde erreicht, doch vieles liegt auch hinter uns. Heute am Vorabend des Heiligen Abends kann man einschätzen, daß die Versorgungslage im wesentlichen stabil gesichert ist. Rechtzeitig reiften die kubanischen Apfelsinen unter der Führung Fidel Castros zu den Weihnachtsfeierlichkeiten heran.

Spreewälder Genossen stellen erstmals in diesem Jahr zur Absicherung der Grundversorgung der Bevölkerung noch mehr Rettich zur Verfügung.

Unter dem Motto »Nicht nur jedem eine Banane, sondern jedem seine Banane« trug die Aktion der Fruit Company schon Nikolaus reife Früchte.

Deshalb singt die Gruppe Erichs Enkel aus Wibelskirchen im Weihnachtskessel den Bananensong »Chikedida – heute noch zu mir und die Bananen kamen«.

Im Truppenteil der NVA »Werner Lamberz« wurden 2734 Stück Schwibbogen über den Plan laubgesägt, damit ist der Weltfrieden in Europa und unterm Weihnachtsbaum um ein weiteres Jahr gesichert.

Hausfrauen in Stadt und Land, es lohnt wieder, sich anzustellen. Denn die Genossen Binnenfischer bringen erstmals seit der Wiedervereinigung der Wende genügend grüne Heringe hinter den Ladentisch. Fünf Stück für jeden Bürger sieht der Staatsplan vor.

Anstelle der sonst üblichen Jahresendprämie gibt es dieses Jahr anläßlich der Feierlichkeiten zu Christi Geburt für jedes Mitglied der Nationalen Front: drei Räucherkerzen, einmal polnische Perlzwiebeln, zwei Jahresschlußlichte, ein Paar selbstgenähte Original vietnamesische Hosenjeans sowie vier chinesische Taschentücher zusätzlich.

Venceremos – allen eine gesegnete Weihnacht, ein schönes Abendmahl, will sagen Kartoffelsalat!

's gibt ooch noch andre Werte

Herr Zieschong klingelt an Frau Bähnerts Wohnungstür. Nichts rührt sich. »Sie sind dran!« ruft Herr Zieschong in den Briefschlitz. »Gott verdammt noch mal«, sagt Herr Zieschong zu sich. »In der Hornzsche rührt sich nischte.« Er pocht an die Tür. »Frau Bähnert, auf Sie wartet eine Hausordnung – de große!« Er reckt sich vor dem Spion. »Menschenskinder, die muß mich doch sehn. Komm' Se, Frau Bähnert, es war doch e Spaß. Ich helf Ihnen ooch e bissel. Am Ende isse mir beese, wechen gestern. Aber so viel war's doch gor ni. Mensch, das war aber ooch günstsch – een Liter Glühwein für 'ne Mark siebenundachtzsch.« Er öffnet einen Kanister und gießt sich Glühwein in einen Touristblastebecher.

»Qu vatis – es möge nützen!« Er trinkt und verzieht das Gesicht. »Im Wein liegt Wahrheit? Ja – in een richtschen Vino wäre das!« Er guckt auf das Etikett. »Eens siebenundachtzsch. Den hatsch mal Nikolaus in der Verkostungsaktion für neunundachtzsch Fenge! Also, der schmeckte noch e bissel besser. Überhaupt, man kann ja off den Staat schimpfen wie mor will, aber seine Verkostung, die hat der im Griff. Was wäre mein Leben ohne Verkostung. Ich wüßte manches Mal gar ni, wie ich über de Runden kommen soll. Na jeden Donnerstag geh ich off Nahrungssuche – angebotsmäßig. Mittags binsch satt, das hilft ooch wirtschaften. In Schlemmerland hatten se jetzt e mal Gouda, also, da troppt een heute noch der Zahn. Ich konnte mich gar ni entscheiden. Die hatten jungen Gouda, mittleren, alten. Na ja, genommen habsch dann so mehr mei Alter ... junger Gouda is aber ooch was leggerfezzsches.

Und dann wolltsch mit der Frau Bähnert und der Hertie – oh, da hattsch aber was gesagt! Weil ich Hertie gesagt habe. Herr Zieschong, für Sie is das immer noch de Frau Karstadt, hat se geschimpft. Aber zu der wolltsch gar ni. Ich wollte zu Herrn Tengelmann. Nu, bei dem gibt's doch jeden Donnerstag italienische Spezialitäten. Interaktion. Wie zum Beispiel den sagenumwobenen Parmaschinken. Wahnsinn! Da wern Se meschugge. Na, so was hatten mer ja hier früher gar ni. Das konnten mer uns gar ni leisten. Da mußtsch erscht arbeitslos wern ... Obwohl, Moment mal, mer hatten Ostern Schinken, mer hatten Weihnachten Schinken, am 7. Oktober, nee, nee, da nicht, aber mer hatten ooch e paar ma Schinken.«

Herr Zieschong beginnt zu fegen. »Wenn mersch mal überlegt. Wie viele Menschen heute so einsam sind. De Frau Bähnert isses im Innern ihres Herzens ja ooch, aber se gibt's ni zu, geht ja ooch gar keen was an, die stürzt sich dann immer in de Arbeit.« Er kehrt den Dreck mit dem Handfeger zusammen, schüttet ihn in einen Eimer. »Da merkt mersch ni so – de Einsamkeit. Da wird dann mal schnell de Bettwäsche mit durchgekocht, obwohl se reene im Schrank liecht, na ja, eh se wieder dreggsch wird. Es hat aber ooch alles seine Ursachen.

Wenn mer sommersch wie wintersch in der gleechen Gledasche durch'n Rajon jagt. Am Gelde liecht's ni, 's gibt ooch noch andre Werte.«

Herr Zieschong beginnt zu bohnern.

»Nee, Geld is ni alles im Leben, ooch de Zinsen müssen stimmen ... Ich war Kulturobmann, hab's Brigadebuch geführt und de Brigadekasse – da war der Tag rum. Een Glück, daß ich de Kasse retten konnte und ni der Breul in'n Rachen geschmissen hab. Da wär se im Volkseigentum mit offgegangen – also futsch. Mir sind das Volk. Aber 's Eigentum kriegten ja denn de andern. Volkseigentum – das gibt's doch im Westen gar ni, da redeten die immer von gleichberechtigt. Gleich berechtigt war dann de Breul, aus unserm Volkseigentum was zu machen. Das war ja dann ooch gar nischte wert, außer die paar sechshundert Milliarden. Das is ja manchem sein Ganzes. Geschätzt von Experten. Westexperten! Zum Schluß, also am Ende, wurden aus sechshundert Milliarden plus – zweihundertsiebzig Milliarden minus – und dann nochmal aus zweihundertsiebzig Milliarden dreiundsiebzig Milliarden Gewinn! Differenzen und Summen! Tja, die im Westen ham halt andersch rechnen gelernt. Mer hier mußten ja nach'm Krieg aus nischte was machen. Drüben lief's umgekehrt. Und heute sagt der Schröder: Nur was vorher erarbeitet wurde, kann auch verteilt werden. Da schreibt doch eener vom andern ab. Bald wird's heeßen: So wie mer heute leben – werden mer morgen arbeiten.«

Herr Zieschong wirbelt jetzt den Bohnerbesen herum, als wollte er das Treppenpodest durchscheuern. »Gearbeitet ham mer. Und geleistet ham mer uns auch was, und was mer uns so geleistet ham. Unser Konsum – mit dem ging's ja offwärts. Ende der Fünfziger, nu klar, als de Marken wegfielen, und's de gute Butter ohne Marken gab. De Markenbutter. Wobei – de Butter war mir Wurscht, aber de Marken. Ich hab noch Konsumwertmarken im Werte von 147 000 Mark. Nu, was die wohl wert sind? Ich weeß es ni, der Konsumkonkurs schwankt ja laufend. Ich bin ja zur Wende gar ni zum Umrubeln gekommen, weil ich geklebt hab und geklebt. Ich hing regelrecht an den Marken, wie oft bin ich vor in de Halle, um zu gucken, ob's was gibt. Aber's gab ja nischte, außer eben de Marken, und davon zehr ich heute noch. Ja, mit der weile wurde mer richtsch satt von den Marken ...

Mit de Briefmarken war's ja genau dasselbe. Ostmarken schmeckten nu mal besser als Westmarken. Die warn nämlich ooch viel gesünder durch den herrlichen Knochenleim. Das war Leim aus Marxknochen – viel gesünder! Und deswechen ham de Leute ooch früher mehr geschrieben. Gäb's den alten Ostleim wieder, brauchte de Post keene Gebührenerhöhungen ...

Undankbar wolln mer aber ooch ni sein. Mensch, was wären mer denn ohne die herrlichen Westpäckel gewesen? Ich kriegte ja bis weit in den Oktober 1989 von meiner Schwägerin jeden Monat e Päckel geschickt. Und was da alles hinne war: een paar abgelegte Gurken, zwee Scheuerhader, eenmal Ata und jedesmal e Haarnetz. Die konnten's ja absetzen, das Päckel. Und mer brauchten's ja dringend. Heute geht's ja nur noch um Materielle, das gab's früher ni. Nu ja, früher gab's ja ooch nischte, obwohl gar nischte gab's ja nu ooch ni. Einmal im Jahr gab's Apfelsinen – oder Cubaorangen, gereift unter der Führung Fidel Castros. Wahnsinn.

Mei schönstes Weihnachten war ja 1963. Als 's erschtemal nach'm Mauerbau das Persilscheinabkommen in Kraft trat. Da war ich dabei. Off unsrer Seite. Nu, da kam de Eine aus Spandau zu Besuch. Die wollte ja eechentlich zur

Dorle nach Berlin-Köpenick. Aber die hatten sich ja schon lange nischt mehr zu sagen. Und da bin ich eingesprungen. 's war ja Weihnachten, da bin ich extra nach Berlin gerammelt und hab se ausgeführt – in de Mokkamilcheisbar. Ja, ja, mer mußten denen ja was bieten. Also, ich sag mal so, ich rechne ja niemand was vor – was er ißt. Aber de Fine, die hat gefressen! Zwee Leipziger Lärchen, drei Stück echten original Dresdner Christstollen, vier Eklär und einen Berliner, een Fankuchen. Dann ging's weiter off meine Kosten zum Friseur und obendrein noch zur Fußfleesche. Und dabei hatte die schon so was von gefleeschten Füßen! Und was kriegte ich als Adventvalent? Eene Tüte Grieß und 'ne Packung sefsche Feigen. Gut, 's war ni de Masse, aber 's kam ja von Herzen.«

Herr Zieschong setzt sich auf die Treppe, greift in seine Kitteltasche und holt ein Päckchen heraus. Er öffnet das Aluminiumpapier, drinnen liegt ein Stück Stollen. Herr Zieschong nimmt einen kräftigen Schluck aus dem Plastbecher und beißt herzhaft in die Stollenscheibe. »Mensch, was ham mer früher für Stollen gebacken. Heute bäckt ja gar keener mehr selber, verlohnt sich ja och ni mehr. Früher habsch ja de Stollen flächendeckend nach 'm Westen expordiert. Nu freilich – flächendeckend. Fünfundzwanzig Achtpfünder zur Weihnachtszeit. Das konnte ich mir aber nur leisten, weil ich dann für's nächste Jahr ooch wieder 's Zitronat, de Mazisblüte und de andern hochwertschen Ingridenzschen von drüben sicher hatte. Tja, die schickten de Zutaten, und mir ham was draus gemacht. Ich weeß bis heute nicht, wie mei eechener Stollen schmeckte. Obwohl, doch e mal kam eener zurück. 's Päckel offgeruppt. Da hatte der Zoll de ganzen Sultaninen rausgepickert! Habsch mich sofort an de inneren Organe gewendet, weil – so ging's ja nu ni! Wozu gab's denn das Päckelgeheimnis? Dann stellte sich raus, daß es mei Fehler war. Ich hatte aus Versehen 'n Mandelstollen als Rosinenstollen deklamiert. Den habsch dann der Nachbarin geschenkt, also ni der Frau Bähnert, da wohntsch ja noch in Trachau. Die Nachbarin machte sich ja nischte draus. Also, aus dem Stollen schon. Ich meene, der machte das mit den Rosinen nischt aus.« Herr Zieschong lacht auf. »Mei Gottel, wenn ich noch an das Ding denke, das mir letztes Jahr passiert is. Also, das kann mor keenen erzählen. Nein. Also gut. Normalerweise tu ich ja meinen Stollen entweder in'n Keller oder off'n Schlafstubenschrank, schön eingepackt in Leinentücher, damit der feucht bleibt bis Ostern. Da schmeckt er ja erscht richtsch. Und voriges Jahr dachte ich, eh, machst es mal ganz andersch, ni wie alle. Da habsch ihn unterm Bette deponiert. Und Weihnachten, als ich 'n vorkosten wollte, denk ich – nu, meine Herrn, der schmeckt doch, wie soll ich sagen, bald e bissel harnzisch. Ja, harnzisch. Da war mir doch de Mitternachtsvase umgekippt. Aber – ansonsten Eins A!«

Die Fuchs aus Schwedisch Hall

Herr Zieschong tastet im Dunkel des Hausflurs nach dem Lichtschalter. Schrill ertönt die Klingel an Frau Bähnerts Wohnungstür. Herr Zieschong drückt ein weiteres Mal und steht im grellen Flurlicht auf dem Treppenpodest. Er klopft zögernd an die Tür und flüstert in den Briefschlitz.

»Frau Bähnert, ich muß Sie noch ma sprechen, ich weeß, 's nach zweeundzwanzig Uhr, aber's is existenziell – wischtsch ...«

Hinter der Tür schlurfen zwei Latschen mit Frau Bähnert heran.

»Meine Herrn, was is denn noch, um die Zeit ... ich find de Scherze ni ...«

Herr Zieschong kniet nun vor der Tür und schiebt die Lippen fast in den Briefschlitz hinein.

»Es ist aber dringend ... bitte ... Mensch, 's war Hausversammlung, und Sie ham, wie früher, als enzsche gefehlt, desdaweschen will ich Sie doch offiziell informieren ...«

Frau Bähnert, im gestreiften Bademantel des seligen Herbert und unterm Haarnetz, öffnet die Wohnungstür einen Spalt und blickt auf Herrn Zieschong hinab.

»So – und was is'n nu so witschtsch ... zu nachtschlafender Zeit ...«

»Frau Bähnert, de neue Hausbesitzerin war da.«

»Ach, die? Das weeß isch doch schon lange.«

»Was?!« Herr Zieschong rappelt sich hoch.

»Nu klar, die war doch schon letzten Freitag bei mir, das is 'ne ganz feine Frau, 's sinn nämlisch nisch alle so, wie oft behauptet wird ... Das is de Frau Fuchs aus Schwedisch Hall.«

»Was? Die hat sich bei Ihnen schon vorgestellt? Und was wolltse?«

»Also, hübsch der Reihe nach, ja, also die stand letzten

Freitag vor meiner Buchte und bimmelte und fragte, ob se ma nein könnte.«

»Nein? Sie ham die doch hoffentlich ne nein gelassen? Mensch, Sie lesen wo geene Zeitung, die wollte doch bloß gucken, ob se bei Ihnen de Mietschraube weiter anziehen kann.«

»Ne, so war es nicht, die stand hier in mein Flur und fing plötzlich bitterlich an zu weinen, ham Sie schon mal en Westler weinen sehen? Das is was ganz Furchtbares! Guckte sich um – und denn sprach sie die Worte: ›Wir müssen die Kosten der Einheit schon gemeinsam tragen.‹«

»Nu, genau, der gehört 's Haus, und Sie zahln de Miete.«

Frau Bähnert zieht den Bademantelgürtel fester. »Ja, soll die denn das alles alleine bezahln, die Zinsen und Zinseszinsen, der KDF-Kredit – das hat doch alles Geld gekostet, und dann is das doch nicht der ihr enzsches Haus, die hat doch noch vier am Halse.«

Herr Zieschong grinst säuerlich. »Also, Frau Bähnert, ich fang glei oh an zu heulen. Sagense bloß, Sie hamsch de Miete für die freiwillig erhöht? ...«

»Nu freilich, die tat mir leid, wie se da stand, und Geld bedeutet für die doch alles.«

Herr Zieschong schüttelt den Kopf. »Aber eens begreif ich trotzdem ni, off der Hausversammlung wurde gemunkelt, daß Se rausmüssen, Frau Bähnert.«

»Ja, ja, so solls sein, denn de Fuchs'n sagt, Frau Bähnert, sagt se, nach Beendigung der Rekonstruktion-Sanierung-Modernisierungsmaßnahmen wern elf Prozent vom Haus umgelecht.«

»Nu ja, elf Prozent.«

Frau Bähnert zieht die Tür langsam zu. »Mensch, Herr Zieschong, ich bin de ältste aus'm Hause, soll ich mich weschn 'ner bobligen Sanierung etwa umlechen lassen!?«

Die Tür fällt ins Schloß.

Die Lende

Frau Bähnert steht vor dem Supermarktkaufcenter, der alten mit Sonderausgebotsofferten zugeklebten Kaufhalle, und nestelt nachdenklich am Dederonbeutel herum. Herr Zieschong steuert mit langen, ungelenken Schritten zielsicher auf die Eingangstür zu.

»Nu gommse endlich, Frau Bähnert.«

Frau Bähnert stöhnt auf. »Was soll ich denn nu zum Wochenende machen? Of was hamse 'n Appetit?«

Herr Zieschong hält die Hallentür auf, unter seiner Achselhöhle hindurch krauchen plastiktütentragende Kunden ins Freie. »Frau Bähnert, Sie kochen doch so gut ... Ich esse, was offn Tisch kommt.«

Frau Bähnert setzt sich endlich in Bewegung. »Sie gennen ruhig sachen, daß Se Rouladen ham wolln.«

»Ich möchte bitte Rouladen am Wochenende, von Ihnen zubereitet.«

»Egal Rouladen! Jeden Sonntach, seit zwanzich Jahrn – Rouladen. Nischte, mein Sternzwirn is alle.«

»Nu, denn man e Stücke Karree.«

Frau Bähnert lacht silberhell auf. »Karree will er! Se könn' ja ma im Karree gucken, wer sich das leisten kann. Karree is das Beste vom Schwein!«

»Das Beste vom Schwein is Schoß, ja, aber gut, das verlang ich ja gar ni. Da nehm Se eben statt Schwein ... Wild. Wildschwein is gesund, das belastet den Körper ni so.«

»Ja, aber mei Portmonee! E, mir gehn erschte ma in de Halle, ma sehn, was es gibt.«

Herr Zieschong schiebt das Zloty-Stück, das ihm ein Markthändler kürzlich als Wechselgeld untergejubelt hat, in die Sicherheitsbox des Einkaufswagens und lenkt das Gefährt in Richtung Gemüseabteilung, wo sich eine Dame intensiv in die Kiwis – 39 Pfennig das Stück – vertieft hat. Geschickt und unbemerkt tauscht Herr Zieschong seine Zloty-Cheese gegen das mit Deutschmark bestückte Wägelchen der Kiwi-Kundin. Frau Bähnert beobachtet den Vorgang fassungs- und wortlos. Herr Zieschong zwinkert ihr vergnügt zu und drängt sie energisch in Richtung Fleisch- und Wurstthekenstand.

»Frachen Se doch ma nach Lende, Frau Bähnert. Lende hatten mer jahrelang ni. Die müssen Se aber bestellen.«

Frau Bähnert strafft sich. »Hier, Fräulein, ich möchte bitte eine Lende bestellen.«

Die blonde Verkäuferin lächelt nachsichtig. »Sie brauchen nicht bestellen, wir haben Lende.«

Frau Bähnert wendet sich zu Herrn Zieschong. »Die ham Lende ...«

»Na, denn bestellen Se welche.«

Frau Bähnert flüstert verschwörerisch über den Tresen. »Ja, mir wollten bestellen, fürs Wochenende ... damits frisch is, wissen Se.«

Die Verkäuferin antwortet spitz und vernehmlich: »Unsere Ware ist immer frisch!«

Frau Bähnert ruft Herrn Zieschong, der ein paar Meter entfernt bäuchlings überm Rand der Kühltruhe hängt und nach Fischstäbchen angelt, zu: »Die ham immer frische Ware!«

Herr Zieschong schwingt sich zurück auf die Füße. »Verlangen Se frische Lende zum Wochenende of Bestellung.«

Frau Bähnert erklärt der Verkäuferin: »Mir kriechen am Wochenende Besuch und wollten gerne zwee frische Lendchen für Freitach bestelln, mei Kühlschrank, wissen Se ...«

Der Herr in der vierköpfigen Schlange hinter Frau Bähnert räuspert sich. Frau Bähnert bezieht ihn in die Information ein. »Ich brauch se eben erscht am Sonnabend!«

Die Verkäuferin lächelt überlegen. »Kommen Se sonnabends, wir kriegen auch am Sonnabend frische Lendchen.«

»Herr Zieschong, die ham sogar am Sonnabend frische Lendchen ...«

Herr Zieschong tritt näher. »Da hab ich gar keen' Appetit mehr of Lendchen.«

Frau Bähnert reagiert kurzentschlossen. »Zwee große Rouladen bitte. Für sofort, aber frisch, ich möcht se einfrosten ... Is das ni furchtbar, Herr Zieschong, daß es jetzt immer alles gibt?« Herr Zieschong bekräftigt: »Ja, mer hat of nischte mehr Appetit!«

Frau Bähnert nickt traurig, dann hellt sich ihre Miene plötzlich auf. »Herr Zieschong, eene frohe Botschaft hab ich aber noch. Ich weeß glei um die Ecke 'n Lädchen, da gibt's Sternzwirn – und sogar of Bestellung!«

Kapitaldecke Castor

Frau Bähnert huscht durch die Pendeltür des Dresdener Hauptbahnhofs, eilt durch die Halle und rennt beinahe das Fahrplanmännchen um. Sie murmelt: »'tschuldigung«, flitzt weiter, stolpert über einen menschengefüllten Schlafsack und schlägt lang hin. Mühsam sticht Frau Bähnert sich und ihre Glieder zusammen.

»Nee, so e' was aber ooch! Betteln und Hausieren sin hier verboten. Nu warte, dich, Freizeitpenner, meld' ich dem Blüm.« Der Schlafsack bewegt sich, wendet sich ihr zu. Frau Bähnert setzt sich vor Erstaunen gleich wieder auf den Allerwertesten. »Herr Zieschong!? Sie!? Se soll'n doch den Standort Deutschland retten und ni der sozialen Kälte frönen.« Sie zupft an Herrn Zieschongs Schlafsack. »Sagen Se ma – is das Ihre ganze Kapitaldecke? Na, die is aber ganz scheen dünne. Was machen Se denn eechentlich hier im Bahnhofe?«

»Frau Bähnert, ich warte of'n Castor.« Frau Bähnert rutscht interessiert näher heran. »Ach, nee, of'n Castro? Der kommt ooch ma wieder nach Dresden? Das wurde ooch Zeit. Der Fidel, so was.« Frau Bähnert verdreht die Augen. »Das is'n Mann, Herr Zieschong! Wie der damals den Schweinen in der Bucht da die Spielkasinos zugemacht hat, und den Schwarzen da 's Alphabet gelernt hat – auf der Insel, und Milch für de Kinder – der kommt also. Aber Herr Zieschong, da könn' Se doch hier in eenen of obdachlos mimen. Mer müssen den Kubanern doch zeichen, wie gut's uns jetzt geht, in der Marktwirtschaft. Komm' Se, ich hol 'n Strauß rote Nelken, und dann winken mir!«

»Der Castortransport rollt durch Dresden, Frau Bähnert.«

»Na ja, der is ja ooch ni mehr jüngste, der Fidel. Müssen Se den also im Krankenwagen ...«

»Frau Bähnert, Castortransport bedeutet Atomenergie, Brennstäbe, atomarer Müll.«

»Atom – meine Güte! Also, ni der Bärtige. Castor? Is das ni das, was se immer im Westfernsehn zeigen?«

Herr Zieschong krabbelt aus dem Schlafsack, öffnet eine Bierdose. »Nu, und das kommt nu ooch of uns zu.«

»Da müssen Se sich aber ni offregen, Herr Zieschong, das is doch ne ganz humane Sache. Was ham Se denn da schon wieder zu merkeln? Bis heute is doch noch keener zu Schaden gekommen, keen Mensch.«

»Außer de Polizisten, die zu nahe dran vorbei geloofen sind, als se den Castor beschützen mußten in Niedersachsen. Die strahlen jetzt.«

»Na sehn Se!« Frau Bähnert kichert unwillkürlich. »Aber e strahlenden Polizisten in Sachsen, das kann ich mer, ehrlich gesagt, ni vorstelln.«

»Frau Bähnert, hier rollt eene tickende Zeitbombe durch Dresden, ausgerechnet durch Dresden, als ob mir ne schon genug durchgemacht ham de letzten sechs – e« Herr Zieschong blickt sich scheu um. »... de letzten sechzig Jahre! Da muß man was tun, Frau Bähnert! Das Schicksal in de Hände nehmen ...«

Frau Bähnert betrachtet Herrn Zieschong mit einem Irrenwärterblick. »Aber ja, Herr Zieschong, ham mer doch schon getan, mer ham unserer Schicksal schon in de Hände genommen – und glei weitergegeben.«

»Eben. Und deshalb lieg ich hier, Frau Bähnert, ich liege gegen de Bombe – aus Bürgerpflicht! Mei Gewissen ...«

Frau Bähnert guckt sich um. »Se sind aber ziemlich allein hier, mit Ihrem Gewissen. Wenn ich da an den Oktober neunundachtzsch denke, da war's aber gerammelt voll hier of'n Bahnhofe.«

»Da ging's ja ooch ni bloß um de Menschheit, Frau Bähnert, da ging's um mehr – da ging's hin zur D-Mark!«

»Und de Schotten waren dicht!«

»Ne de Schotten, de Tschechen, Frau Bähnert.« Herr Zieschong rollt langsam den Schlafsack zusammen. »Se meenen, Frau Bähnert, der Castor interessiert gar keen'?« Er zieht Frau Bähnert hoch.

»Nee, kommen Se, packen Se Ihr'n Krempel, mir gehn nüber in'n Stahlschuh, e Tässel Bohnenkaffee trinken.«

»Aber eens sage ich Ihnen, Frau Bähnert, wenn der Transrapid durch Dresden rollt ...«

»... na klar, Herr Zieschong, dann legen mer uns beede lang hin.«

Auf nach Europa!

Gerade hat Herr Zieschong das dritte Stück Streuselkuchen gegessen und die zweite Tasse Bohnenkaffee getrunken. Nun lehnt er sich auf dem Sofa zurück, greift zur »Sächsischen Zeitung«, blättert. Frau Bähnert rührt in der Tasse. Herr Zieschong schüttelt den Kopf.

»Nu, gucken Se ma, Frau Bähnert, was hier steht.«

Frau Bähnert guckt. »Was'n?« Herr Zieschong spricht, jede Silbe betonend: »Po - len - markt!«

»Was is'n dadran so verwunderlich? Schließlich ham mir den europäischen Binnenmarkt, Herr Zieschong. Das is eenfach e Angebot – Polenmarkt. Wenn de Grenzen fallen und sich unser Europa zusammenschweißen tut, dann kricht mer eben ooch ganze Ländereien. Überall – ooch in Polen.«

Herr Zieschong lacht bitter. »Da bin ich ma gespannt, wer das kooft.«

»Na, mir brauchen's ni, mir ham ja unsre Tschechen, die für uns arbeiten. In Zukunft! Für Europa!«

»Sind Se eechentlich für oder gechen Europa, Frau Bähnert?«

»So 'ne Frage. Natürlich für. Ich bin doch hier geborn, glei um de Ecke. Im Herzen der Stadt. Und Sie, Herr Zieschong? Dafür oder dagechen?«

»Was hab ich denn dervon?«

»Für oder gechen? Wer ni für uns is, is gechen.«

»Na, dann bin ich derfür. Haptsache, 's bleibt alles scheen ordentlich, sauber und – deutsch.«

Frau Bähnert seufzt stolz. »Ach ja, Deutschland in Europa ... is das ni 'ne scheene Offgabe?«

»Wieso Offgabe? Mer geben uns doch ni of für Europa. Überhaupt, erscht ma sehn, wie sich de Nachbarn entscheiden tun, und der Franzose. Isser nu dagechen, oder isser dafür. Also für Deutschland?«

»Isser derfür, isser für uns – für Europa. Herr Zieschong, durch Ihr Gehirne weht noch keen europäischer Geist. Se scheinen noch gar ni reif zu sin für Europa. Se regt doch bloß of, daß, seit de Franzosen derfür sin, die Bananen teurer geworn sind.«

»Na, bloß deshalb sind se ja derfür. Wenn mer die aber ooch noch richtig ofnehmen sollen, bin ich gechen Europa. Verstehn Se?«

»Aber de Franzosen sind doch schon Europäer, Herr Zieschong.«

»Da können se ja ooch bleiben, da in ihrem Europa.« Herr Zieschong nimmt einen tiefen Schluck aus der Kaffeesammeltasse. »Jetzt ma Schluß mit der Europa-Debatte, Frau Bähnert. Da solln sich die Experten erscht ma klar wern. Gucken Se ma hier. Der Plan vom Jugendklub in Mickten.« Herr Zieschong zitiert: »Es spielt für Sie – die Gruppe Lumoi aus Nubschen. Wissen Se, wo das liecht – Nubschen?«

»Nee.«

»Nubien liecht in Mittelzentralafrika, Frau Bähnert. Und so was holt sich unsre Jugend ooch noch ins Land.«

»Ei Gott! Na, da braucht mer sich nicht zu wundern. 's können doch ni alle hier bleiben – in Europa, Herr Zieschong.«

»In Europa schon – aber ne in unserm!«

Mensch '97

Frau Bähnert blättert am Zeitungsstand in der Zeitschrift »Capital«, während Herr Zieschong die Reihen der Illustrierten mit den Augen abgrast. Von den Titelseiten lachen jungdynamische Arielgebisse.

»Frau Bähnert, wer wäre denn für Sie ›Mensch '97‹?«

»Mensch '97 – so alt muß mer erscht ma werdn.«

»›Mensch '97‹ is 'ne Umfrache, Frau Bähnert, um Frachen des Alters geht's dabei ni. Es geht um den Menschen '97, ja so um 'ne Art Vorreiter.«

»Mei Vater«, sagt Frau Bähnert nicht ohne Stolz, »mei Vater war deutscher Reiter in Südwest ... das war ... Mensch! ... das war ’97, genau. Ach, was waren das für herrliche Zeiten. Damals gab’s noch de Buschzulage.«

Herr Zieschong ist erstaunt. »Ihr Vater war Beamter in den Kolonien?«

»Er unterstützte die deutsche Mission!«

»Ach. Also Mission – arisch?«

»Natürlich – deutsch, da unten ging’s doch zu wie bei de Hotten Dotten. Er half unsern Brüdern und Schwestern in den Schutzgebieten – das waren ja ooch Menschen ... irchendwo.«

»Frau Bähnert, gab’s damals schon Trennungsentschädichung?«

»Na ja, freiwillig ging keener in d’n Busch.«

Herrn Zieschongs Karl-May-geübte Phantasie treibt Blüten. »Das war bestimmt ganz scheen gefährlich? Der Dschungel, de Fallgruben, de Lianien, de Boas konduktors, de Dermiten, na ja, und darin gab’s ja noch Eengeborne.«

»Stimmt. Eengeborne gab’s damals oh noch. Mei Vater sachte immer, wenn er ma of Urlaub mußte: ›Wenn das so weitergeht, kommen of een Geborenen zwölf Beamte!‹«

»Da hat Ihre Familie ja ganz scheen verdient in der Zeit.«

»O ja – vor allem hatte meine Mutter ihre Ruhe. E Beamter derheeme is eben bloß de halbe Miete.«

»Aber irchendwann hat sich das Land ja ooch ma selbständig gemacht.«

»Selbständig? Gucken Se sich’s doch ma an, wie’s heute dort aussieht. Herr Zieschong, wenn das damals alles geklappt hätte, wie sich’s meine Mutter schon ausgerechnet hatte ...«

»... bräuchten mir heute keene Beamten aus Deutsch-Südwest.«

»Also, bitte, Herr Zieschong! Aus Baden-Würschtelberg!«

Herr Zieschong winkt ab. »Der Teufel soll se holn!«

»Das wird er schon noch früh genuch tun. Alles nur noch 'ne Frache der Zeit.«

Herr Zieschong ungeduldig: »Aber wann, Frau Bähnert, wann?«

»Wenn Warschau wieder deutsch ist.«

Bezüge für Abgeordnete

Ilse Bähnert zerrt einen vollgepackten, mit einer Molly-Rheumadecke und einer Wäscheleine verschnürten Handwagen die Treppe zum Sächsischen Landtag hinauf. Oben schließt sie das Lastengefährt mit einem Fahrradschloß an das Edelstahlgeländer fest. Frau Bähnert schleicht durchs Foyer und gelangt unbemerkt in den Sitzungssaal, wo ein dienstbarer Geist im Arbeitskittel unter den Abgeordnetensitzen Bonbonpapier, eine Rätselseite der Dresdener Morgenpost, mehrere Kugelschreiber, einen 500-DM-Schein, ein Foto mit einer Segeljacht, ein Kondom (unbenutzt!), eine Stricknadel, ein Handy, drei Kaugummi (benutzt) und einen Safeschlüssel zu einem Häufchen hervorgekehrt hat. Der Mann im Kittel wendet sich um, Frau Bähnert stößt einen spitzen Überraschungsschrei aus.

»Herr Zieschong, Sie hier! Hier sin Se also untergekommen? Ach, ich freu mich für Sie, daß Sie wieder Arbeit ham. Herrlich. Ja, Arbeit is zwar ni alles, aber ohne Arbeit is alles nischt. Nu machen Se doch ma Feierahmd.«

Herr Zieschong fegt weiter. »Nischte, ich hab erscht in zwee Stunden Schluß. Außerdem bin ich of Probe und werd' beobachtet.« Er nickt stumm in Richtung Saalkamera. »'s geht glei weiter, Kurt!«

»Die Ihnen vorgesetzten Abgeordneten sin doch ooch schon lange heeme, Herr Zieschong. Freitag nach eens ...«

»Was die machen, geht mich nischt an – ich muß arbeiten, ich hab keene Wahl.«

»Apropos Wahl ... Sachen Se ma, Herr Zieschong, stecken die Ihnen ne manchma was zu?«

»Manchma? Nie! Mich besticht keener. So, nu lassen Se mich in Ruhe, ich hab zu tun.«

Frau Bähnert ist leicht beleidigt. »Meene Herrn! Seit Se Arbeit ham, ham Se gar keene Zeit mehr für mich. Sei'n Se nor ne so grantsch!«

»Was soll ich nach Ihrer Meinung tun, Frau Bähnert?«

»Mensch, gehn Se halbtachs, oder machen Se Heimarbeit!«

»Heimarbeit? Arbeiten derheeme? Mir fällt schon so de Decke of'n Kopp.«

»Herr Zieschong, hörn Se ma of. Spüren Se 's denn ni, hier hat 'ne Bürgerin eene Frache an eenen Mitarbeiter des Sächsischen Landtachs.«

Herr Zieschong baut sich auf, verschränkt die Arme über dem Besenstiel. »Ich höre, gute Frau.« Dann raunt er seitwärts in die Kamera: »S is dienstlich, Kurt!«

Frau Bähnert reibt Herrn Zieschong einen herausgerissenen Zeitungsfetzen unter die Nase. »Herr Zieschong, gucken Se doch ma, was ich für 'ne Annonce entdeckt hab: ›Schnäppchen für Staatsdiener‹!«

Herr Zieschong schüttelt bedenklich den Kopf. »Oh, das is e heeßes Eisen. Was intressiert Sie denn da so im Speziellen?«

»Speziell täten mich ma denen deren Bezüche intressieren.«

Günters Handy

»Die verdienen mehr, als se verdient ham. Mehr kriech ich ooch ni raus.«

»Se solln doch ma rauskriechen, ob sich de Staatsdiener für e Schnäppchen intressieren täten ... in Bezuch of de Bezüche.«

»Wolln Se, daß die noch mehr kriechen?!«

»Aber die ham doch noch gar keene.«

»Was?«

»Herr Zieschong, de endlosen Debatten, das Kompedenzgerangel. Jahrelang müssen die's mit uns aushalten, da brauchen se fürs Aussitzen der Entscheidungen ...«

»Mehr Bezüche?«

»Sitzbezüche! Und die hab ich in Heimarbeit gefertigt. Draußen sind se, of'n Handwagen.«

Herr Zieschong klopft Frau Bähnert jovial auf die Schulter. »Frau Bähnert, mir machen jetzt 'ne Sitzprobe vor'n Sächsischen Landtach. Und wenn se weeche genug sind, denn drück' ich de Kissen durch – bei Kurt!«

Mer machen's uns scheene

Herr Zieschong bimmelt an Frau Bähnerts Tür. Die Nachbarin schlurft heran, wie immer adrett in geblümter Kittelschürze und Strümpfen ohne faltenlosem Sitz.

»Da sin Se ja endlich, Herr Zieschong.«

»Frau Bähnert, wir machens uns heute scheene. Ich hab uns 'n paar richtsche Ostsemmeln mitgebracht – ohne Luft. Und hier, sehn Se, gute Butter!«

Frau Bähnert blickt ihn triumphierend an. »Und ich hab uns en scheenen Rührkuchen gebacken. Mit Ruhm-Aroma!«

Sie drängt ihn in die Küche. Herr Zieschong schnuppert. »Da wird man ja schon besoffen vom Riechen.«

»Setzen Sie sich schon mal auf den Balkon, Herr Zieschong, ich bring gleich alles rein – ä – raus.«

Herr Zieschong zwängt sich auf das schmale Bänkchen zwischen Pelargonien, Gummibaum und Studentenblumen. Aus der Kanne auf dem Klapptischchen, den Herbert Bähnert noch vor der Zeitenwende heimgewerkt hatte, dampft Bohnenkaffee. Frau Bähnert bringt den Kuchen, lehnt sich verträumt an den Balkontürrahmen. »Is das ni herrlich hier?«

»Scheene hamses.«

»Wenn man sich das ma genau überlegt, Herr Zieschong, mir wohnen da, wo andere Urlaub machen.«

Herr Zieschong nickt eifrig. »Genau, deswegen fahr ich ja garnimehr fort. Was wolln die uns denn außerhalb von Sachsen noch bieten.«

»Und außerdem ist es ja außerhalb von Sachsen kreuzgefährlich.«

»Bitte?«

Frau Bähnert gießt mit Schwung Kaffee ein. »Die große Flutwelle in Japan zum Beispiel.«

»Und die Unruhen von der GUS, Armenien.«

»Das Hochwasser vom Missessippi und Missorie vor Oheio.«

»Und die ganzen Attentate von Bad Kleinen.«

»Herr Zieschong, das war keen Attentat damals, den hamse erschossen.«

»Wen?«

»Nu den, der geschossen hat.«

Herr Zieschong ist verwirrt. »Wer hat geschossen?«

»Na, das is de Frache. Obwohl, ich hätte ja eenen Verdacht ...«

Herr Zieschong lehnt sich zurück, schiebt die Daumen unter die Hosenträger. »Ich oh ... Aber mich fragt ja keener.«

»Nee, uns fragt ja keener. Herr Zieschong, ich hab doch jetze ma Sonntachs abends den Fernseher loofen lassen, und die hatten eine Theorie, die war of Zack.«

Herr Zieschong tippt mit dem Zeigefinger nachdrücklich auf Frau Bähnerts Schulter. »Genau, die hab ich ooch gesehn. Danach ist der Krams dem Schaffner direkt in die Zange geloofen.«

Frau Bähnert springt auf. »Genau, – und der warsch oh. Der Schaffner!«

»Frau Bähnert, ich weeß ni, ob die das überhaupt ernst genommen ham.«

»Die ham das nicht ernst genommen. Die wollten uns verklappsen.«

Herr Zieschong setzt eins drauf. »Die ham gedacht, wir sind off der Wurschtbrühe hergeschwommen.«

Frau Bähnert setzt sich. »Aber so blöde sind wir ni. Ich hab nämlich den ihre Fahriante weiter untersucht.«

»Na und?«

»Sie stimmt. Herr Zieschong. Worauf konzentrieren sich alle Untersuchungen momentan?«

»Nu, auf den V-Mann.«

»Und was heißt V-Mann?«

»Nu, Verbindungsmann.«

Frau Bähnert bricht ein Stück vom Rührkuchen ab, ditscht es in den Kaffee, lächelt überlegen. »Das ham alle gedacht und sind damit in die Irre geloofen. V-Mann heißt Vorsitzender.«

»Von was?«

»Vorsitzender vom RAF.«

Herr Zieschong guckt ungläubig. »Was?«

»Vorsitzender vom Reichsbahnausbesserungswerk.«

Herrn Zieschong geht ein Licht auf. »Nu genau, deshalb hat der den ooch of'm Bahnhof erschossen!«

»So isses, Herr Zieschong, der wußte zuviel von der Reichsbahn.«

»Und ich hätte mir beinah noch eene Bahnkart gekoft. Frau Bähnert, Se sind für mich de sächsische Miß Marbell.«

»Tja, man muß eben nur komponieren können!«

Frau Bähnert beißt endlich in das tropfende Kuchenstück.

Die Schnäppchenkute

Frau Bähnert irrt hektisch, mit Netzen, Beuteln und einem feldgrauen Rucksack beladen, zwischen den Gräbern des Markus-Friedhofs umher. In ihrer Hast rennt sie Herrn Zieschong um, der in der Hocke gerade ein Lebensbäumchen aufs Grab seiner Nächsten setzt. Rücklings kegelt er auf das Grab und will sich hochrappeln.

»Nu sachen Se ma, Frau Bähnert, Se wolln mich wohl umbringen?«

»Ei Gott, entschuldichen Se, Herr Zieschong, de Hektik.

Aber was machen Sie denn hier, bei dem Wetter offn Friedhof. Se wern sich noch 'n Tod holen.«

»Ich pflanze. Letztes Wochenende war doch Totensonntach.«

»Herr Jesses! War's schon wieder soweit? Ich wer' froh sein, wenn Weihnachten und Silvester vorbei sin. Mer kommt ja gar ni mehr zum Offatmen.«

Herr Zieschong zeigt aufs Marschgepäck von Frau Bähnert. »Was rammeln Sie denn schwerbeladen übern Gottesacker?«

Frau Bähnert lächelt verschmitzt. »Mensch, ich war bei'n Weihnachtsmann, und jetzt such ich mein' Herbert. Gloobense, jetzt weeß isch schon bald ne mehr, wo der liechen tut.«

»Vorne an der Plumpe, das zweete von rechts, schräg nüber vom Klempnermeister Wischnewskj.«

»Ah, danke, mei Gudster. Wissen Se, ich will den Herbert nämlich ma was frachen ... Aber – was machen Sie denn eechentlich mal: Feuer- oder Erdbestattung?«

Herr Zieschong antwortet wie ein Pistolenschuß. »Feuer, Frau Bähnert, Feuer!«

Frau Bähnert ist erleichtert. »Genau wie ich, Herr Zieschong, das ham Se richtig gemacht. Ich hab mich nämlich jetzt ma erkundicht, bei'n Gräberdiskaunt. Und die Verkäuferin da hat ooch gesagt: ›Frau Bähnert, ich empfehle Ihnen einen schlichten Kiefernholzsarg. Die gibt's im Angebot jetzt schon für 400 Mark – und das Holz wird ja sowieso verfeuert.‹«

»Nu freilich, und das Geld, was Se bei'n Sarch sparen, nehmen Se dann für eene scheene Überurne.«

Frau Bähnert grübelt nur kurz. »Für eene scheene Überurne ...? Das klingt ooch scheen. Ja, bei den Preisen heute mecht mer schon jenseits der Zukunft denken.«

»Hamse gehört, jetzt wollen se uns ja von ganz oben

ooch noch den Totensonntach als Feiertach streichen. E Feiertach, für den mir vierzig Jahre gearbeitet und gekämpft ham!«

»Mensch, Herr Zieschong, das Geld von den eingesparten Tach is doch für de Fläche.«

»De Grabfläche? Stimmt, die muß ja oh eens finanzieren.«

Frau Bähnert runzelt die Stirn. »Aber off den Staat würde ich mich ni verlassen. Um uns selber müssen mir uns selber kümmern.«

»Da soll ich mir wohl mei Grab selber schaufeln?«

»Ja, aber schon zu Lebzeiten. Da wird's am Ende ni so teuer. Oder Sie machens wie ich und richten sich e scheenes Sterbekonto ein.«

»E Sterbekonto?«

Frau Bähnert ist nicht ohne Stolz. »Nu freilich, Herr Zieschong, drei Jahre muß ich noch leben, dann habe ich das Geld rein. Und kann mich endlich zur Ruhe lechen.«

Herr Zieschong sperrt vor Erstaunen den Mund auf, schließt ihn langsam wieder, schluckt. »Frau Bähnert, da – da – Se leben für den Tod?«

»Nee, Herr Zieschong, ich lebe nicht – ich SPARE!«

Ein strammer Feger

Herr Zieschong verabschiedet sich im Korridor von Frau Bähnert. »Also, Frau Bähnert, wenn Se denn wieder mal so eenen scheenen Guchen backen, denn reparier ich Ihnen ooch den Multiboy. Machen Se's gut derweile bis hernacherts.«

Frau Bähnert will eben die Kette beiseiteschieben, da polterts draußen im Treppenflur. Rhythmisch rammelt etwas gegen die Wohnungstür. Herr Zieschong späht durch den Spion, Frau Bähnert kauert sich nieder und linst durch den Briefschlitz.

Frau Bähnert flüstert hinauf. »Das is der Krause.«

»Wer?«

»Der Krause, der Neue aus der vierten. Der kommt aus'm Neubau in Prohlis. Es is nich rauszukriegen, was der is.«

»Ooch ni, was der war?«

»Nei.«

»Na, denn war er's.«

»Was?«

»Na, dabei.«

»Meen Se?«

»Der hat'n Reenlichkeitswahn! Das is bei denen zwanghaft. Hörn Se, was der sagt?«

»Nei.«

»Euja.«

»Sei'n Se doch ma stille.«

Herr Zieschong läßt sich zu Frau Bähnert auf die Knie hinab, beide pressen je ein Ohr an den Schlitz. Draußen, im Hausflur, fegt Nachbar Krause und monologisiert.

»Ne, wie das hier wieder aussieht ... früher, also zu meiner Zeit, da war die Hausordnung ein Bedürfnis! ... da hat sich gar keener getraut, die ne zu machen. Die hätten se nämlich glei abgeholt ... das fehlt heute äh bissel ... jeden Freitag, Punkt 17.0 Uhr, duftete das Linoleum.

Untern Kommunisten wurde ja bloß noch gewischt – und heute? Wenn ich ne ab und an kehren würde, die anderen würden doch im Dreck ersticken.

Also – wenn ich was zu sagen hätte ... wer die Hausordnung nich macht, Kopp kürzer, wer se zwee ma ne macht, zwee Köppe kürzer, und wer 's eh drittes Mal vergißt ... der fliegt raus – der kann glei mit de Bauarbeiter um de Wette frieren.

Oh, de Bauarbeiter ... nu, daß isses ja, oh eh Kapitel für sich – sommersch wie wintersch in der gleichen Gledosche durch'n Rajon jagen ... also mei Fall wär's ne ... Dann ne Stunde Mittag beim Fleescher – aller halben Stunden ne Hülse und zwee Zündkerzen und freitags ab zwölfe de 6er Tasche, ich hab se doch beobachtet – also, wenn ich da was zu sagen hätte ... glei 'n Kopp kürzer und zwar ohne Erbarmen ... erscht wird sich de Birne zugelötet, dann um den Verstand geplumpt, und's Resultat? Im Suff wird de Straße, die se grade frisch geteert ham, wieder offgerammt – achtmal hinternander. Für Wasser, Abwasser, Gas-Abgase, Glasfaser-Satellitenkabel, jetzt wolln se noch e Internet verlegen – das ist doch Wahnsinn. Wenn mir früher so gearbeitet hätten wie die jetzt hier – de DDR wäre schon nach zwanzig Jahren pleitegegangen, ne du, früher war schöner – und noch früher, war noch schöner ... aber das darf mer ja keem sagen, sonst machen se dich glei 'n Kopp kürzer ...

Was is'n das? Ne Kippe ham de Rotzlöffel wieder geroocht im Haus! Kinder, Kinder – wo sinn mir bloß hingekomm' ... unter Honecker ham die Kinder viel leiser gespielt ... und Ansprüche formuliern die heute ... jetzt wolln se sogar een neuen Spielplatz; dabei langts Geld niche ma für ne ordentliche Autobahn! Also, wenn ich was zu sagen hätte, bei mir würden die Rotzlöffel alle Autobahn bauen ... Warum, warum? Meene Kloppstange ham se zerrammelt. Vierzig Jahre bin ich ohne Staubsauger ausgekommen – außerdem – Staubsaugen war ja verboten – unter de Kommunisten. Nu, 's gab doch nischt ... jetzt muß ich mir een' anschaffen, weil de Mütter nich richtsch offgepaßt ham – nu, de Pille gibt's doch ne umsonst. Wenn ich was zu sagen hätte – Kinder anschaffen, das könn' se, aber zu einem ordentlichen Auto langt's bei den meisten nicht. Mensch, eh Kind, das is eh Porsche – da muß ma schon e bissel Verantwortung übernehmen ... Ich hab oh zwee großzichn müssen – und alle drei sind Prachtkerle geworden. Meine Große, de Isabell – de Isabell? Wo kommt'n die jetzt her – is ja oh egal –, die jedenfalls is gegen de Autobahn – hat gar kee Auto – aber is dagegen. Also, wenn's ne meine wäre, glei 'n Kopp kürzer. Aber mei Marcel, also das is ja eh ganz Verrückter, ganz der Babba. Der fährt manchma hundert Kilometer weit, weil dort der Sprit zwee Fenge billiger is, der Liter. Der hat's sparen noch gelernt, und alles mit mei Auto. Oh – den mach ich glei 'n Kopp kürzer.

Also, wenn ich noch ma was zu sagen hätte – ich sag schon gar nischte mehr. Unsereens hat ja nischte mehr zu sagen, aber dasse jetzt de Studiengebühren erhöhn wolln. Da sag ich ja ... Lehrjahre sind keine Herrenjahre, mir ham oh erscht ma arbeiten müssen, nach'm Krieg – grade mir hier im Osten – Mensch, mir mußten aus nischte was machen. Drüben lief das ja umgekehrt ...

Nu, die hatten doch den Marschallplan – und mir hier ... de Marschälle, de Russen. Nu klar, so warsch doch. Was is der Unterschied zwische de Russen und dem Westen? – De Russen sind mir losgeworden ...«

Herr Zieschong kichert hinter der Wohnungstür, Frau Bähnert versetzt ihm einen Tritt ans Schienbein. »Psst!«

Herr Krause hat sein Ohr von der Treppenflurseite an Frau Bähnerts Tür gedrückt. »Horchen se schon wieder was? Ich sag ja schon gar nischte mehr. Deutschland is so scheen. Wenn ich ewas zu sagen hätte ... mir hätten das System hier erscht ma leasen solln, denn könnten mir 's jetzt kostenlos zurückgeben. Aber an der ganzen Wiedervereinigung der Wende is nur der Hitler schuld. Wenn der nich gewesen wäre, mir hätten heute noch geene Autobahn. Hätte der sich ne ä bissel zusammenreißen können? Eh gleen bissel zivilisierter in Auschwitz, und Deutschland stände heute ganz andersch da in der Welt. Und dafür, daß er de Elite ausgerottet hat, könntsch 'n heute noch'n Kopp kürzer machen ... aber ich hab ja nischte zu sagen. Der arme Helmut Kohl muß nu mühsam wieder offbauen, was der vernichtet hat. Nu, und die Sache mit der Euta-nazi – das hat uns doch um Jahre zurückgeworfen. Seehofer wäre heute schon viel weiter im Gesundheitswesen, wenn ich da noch ma was zu sagen dürfte ... Ne, ne, ich halt lieber de Klappe, so denkt ja geener ... Kruzifix aber oh, apropos de Verkündigung unseres Herrn. Unseres Herrn Waigel. Der hat beschlossen, daß jeder, der bei sich daheim ein Kreuz sichtbar anbringt, zehn Prozent weniger Einkommenssteuer zahlen muß. Nu, das lohnt sich für mi – für manchen ... 's wurde ja oh höchste Zeit, daß ma ein Zeichen von oben kam – sonst hängt in 'n paar Jahren der Halbmond in deutschen Klassenzimmern – und noch 'ne Weile hin – der Vollmond – und ich sage immer, wer dadran gloobt, der soll ooch dafür bezahln!

Wenn ich was zu sagen hätte ... nu, ich würde oh gerne ma 'ne Delikatesse verschnabuliern wolln – was scheenes leggerfäzzsches ... ma richtschen Kaviar oder Trüffel mit Hämmer und Egge oder Tintenfischringe – obwohl ne –, die habsch een ma gegessen. Wie alter tschechischer Radiergummi schmecken die ja, trotz daß der Kopp ab iss ... jede Woche die gleiche Wurscht, weil denen im Angebot nischt mehr einfällt. Een ma 'n andren Geschmack! Was is denn das?«

Herr Krause bückt sich und hebt eine tote Heuschrecke auf. »Wie kommt die denn hierher? Wollte dieser Rotzlöffel aus'm dritten Stock bestimmt als Futter für seine Schildkröte haben. Also, wenn ich was zu sagen hätte, 'n Kopp kürzer die Kröte. Wo war ich stehngeblieben, achso, bei der Wurscht.« Er guckt die Heuschrecke an. »Mal was anderes zwischen die Kiemen. Die schöne Heuschrecke hier ... viele schrecken ja davor zurück. Dabei is das 'ne Gourmetdelikatesse – sagen de Franzosen. In Afrika gibt's die schwärmeweise. Aber de Neger geben sich ja gar geene Mühe, die ma vom Himmel zu holen. Lieber lassen die sich alles weggfressen von die Viechers, 's blanke Eiweiß schwirrt tonnenweise durch de Luft, und der Neger guggt zu, weil er zu schwach iss ... wenn ich was zu sagen hätte, Kopp ab ... aber das machen se ja schon selber.

Zweemal 'n Krieg verlorn, trotzdem alles gewonnen, das muß uns erscht ma eener nachmachen in Europa ... Obwohl mir sind geheilt für de nächsten tausend Jahre. Man brauch bloß mal rübermachen zu de Tschechen – da is Polen offen. Da steht off'm Autobahnwegweiser zuerst der deutsche Name ... fürs Endziel ...«

Frau Bähnert stöhnt und richtet sich ächzend auf. »Nu, helfen Se mir doch mal, Herr Zieschong, meene Glieder sind ganz steefe.« Herr Zieschong stellt Frau Bähnert von den Knien auf die Füße.

»Ich gloob ni, daß der Krause dabei war, Herr Zieschong.«

»Dabei war er vielleicht ni, aber mit dabei war er ganz bestimmt.«

»Und jetzt isser sogar reeneweg vorneweg.«

Aufschwung durch Abwicklung

Herr Zieschong hockt auf der Elbwiese bei Johannstadt und wickelt eine Schnur auf eine Spule. Er wickelt und wickelt. Frau Bähnert hat ihren Dederonregenmantel ausgebreitet und neben Herrn Zieschong Platz genommen.

»Ham Sie's nu endlich geschafft?«

»Sie brauchen nur 'n bissel schneller zu rennen, da bleibt er ooch oben.«

»Wieso muß ich denn ega loofen?«

»Wer wollte denn den Drachen steichen lassen? Ich hätte lieber in der Drachenschänke eenen steichen lassen.«

»So? Nischt gibt's. Auf ein neues! Mir fangen noch ma von vorne an.«

Herr Zieschong hat die Schnur aufgerollt. »Na, da setzen Se sich ma in Bewechung!«

Frau Bähnert reicht Herrn Zieschong die Hand, er zieht sie hoch, hilft ihr in die Nato-Plane. »Na, denn loofen Se mal los.«

»Wieso denn ega ich? Der, der de Führungsrolle in der Hand hat, sorcht für'n Ofschwung.«

»Gar ni. Der Ofschwung entsteht durch de Abwicklung! Durch SIE.«

»Jetzt sin Se wohl völlig von der Rolle? Ofschwung durch Abwicklung? Das geht ja ni ma theoretisch.«

»Aber praktisch. Je mehr abgewickelt wird, um so schneller geht's ofwärts. Aber eben nur, wenn sich was in Bewegung setzt.«

Frau Bähnert stemmt die Fäuste seitwärts in die Hüften. »So, und das soll ich wohl nu wieder sein, Herr Zieschong. Ich bin mei ganzes Leben gerannt, jetzt sin Sie ooch ma dran. Aber das is typisch für Ihre Generation. Labern, theoretisieren und sich vor der Verantwortung drücken. Und sich dann noch wundern, daß es ni ofwärts geht.«

»Aber, Frau Bähnert, mir hat's doch keener gezeicht.«

»Mir hat's ooch keener gezeicht. Ich bin erschte ma losgeloofen.«

»Aber in de falsche Richtung.«

Frau Bähnert reißt Herrn Zieschong die Führungsrolle aus der Hand. »Gudd, geben Se her.« Frau Bähnert wetzt los, Herr Zieschong hält den Drachen.

»Halt! Frau Bähnert!« schreit Herr Zieschong. »Andre Richtung!«

»Ach ja!« Frau Bähnert dreht um, rennt in entgegengesetzter Richtung los, stolpert, verfängt sich in der Schnur und liegt schließlich wie eine geschnürte Roulade am Boden.

Herr Zieschong versucht sie zu entwirren. »Frau Bähnert, Se ham sich ja beim Ofschwung völlig einwickeln lassen! Wollen mir ni doch erscht ma in de Drachenschänke? Da gibt's heute Krautwickel.«

Frau Bähnert entfesselt sich mit Herrn Zieschongs Hilfe. »Stimmt, heute steicht nischt mehr. Ich brauch jetzt erscht ma e scheenes Tässel Bohnenkaffee.«

Standort Deutschland

Frau Bähnert balanciert ein kleines Tablett mit zwei Sammeltassen und der Kaffeekanne ins Zimmer. Herr Zieschong hockt vor dem Fernseher und hält Frau Bähnerts Plüschhund auf dem Schoß. Er streichelt ihn.

»Frau Bähnert, was sagen Sie'n eigentlich zum Standort Deutschland?«

»Die fetten Jahre sind nun vorbei. Herr Zieschong – nach der letzten Rentenerhöhung krieg ich zwar jetzt weniger Geld ... aber die werden sich schon was dabei gedacht ham.«

»Frau Bähnert, Sie denken wieder nur an sich, aber ich sag Ihnen eins: Geld ist ni alles im Leben!«

Frau Bähnert setzt das Tablett mit Schwung ab, der Kaffee schwappt über. »Nein – ooh de Zinsen müssen stimmen ... sagt der Theo ... apropos ... was sagen Sie'n zum Bündnis für Arbeit?«

Herr Zieschong wird hellhörig. »Was? Gibts wieder welche?«

»Die FDP-CDU hat alle Hände voll zu tun, wenn se ne abgewickelt werden wolln.«

Herr Zieschong greift in die Keksdose. »Ach, Se meen, mir möchten uns schon ma ne neue Regierung suchen?«

»Quatsch, die Regierung sucht sich e neues Volk – nu, Sie entwickeln doch keene eigene Selbstinitiative.«

Herr Zieschong bekommt beinahe einen Krümel in den falschen Hals. »Frau Bähnert, ich bin seit sechs Jahren arbeitslos!«

»Ebend! Hätten Se seinerzeit bei der Messe der Meister von Morgen e bissel mehr geleistet, wäre ihn dor Start in de soziale Marktwirtschaft leichter gefalln.«

Herr Zieschong verteidigt sich. »Ich konnte ja nie zur MMM, ich mußte doch leben und handeln nach der Slobinmethode ... Bass off, ham die gesagt: So, wie mer heute arbeiten, wer mor morgen leben ...«

Frau Bähnert winkt ab. »Das sagt der Lammsdorf heute ooh. Und der lebt noch nicht nach der Slobinmethode, der macht nichemal 'n Sobotnik.«

»Frau Bähnert, das wär's doch! Wir retten den Standort Deutschland – alle machen mit beim Subbotnik.«

Frau Bähnert winkt ab. »Herr Zieschong – Mir sind das Volk!«

»Ich gloobe, jetzt habsch's begriffen ...«

»Hat ja oh lange genuch gedauert.«

»Genau, Frau Bähnert, Proletarier aller Länder vereinigt euch!«

Frau Bähnert schüttelt den Kopf. »Sind ja keene mehr da. Desdawechen will sich ja der Kanzler wieder weitervereinigen.«

»Schon wieder? Mit wem denn. Vielleicht mit'n Tschechen?«

»Eh' – de Tschechen, de Böhmen mähren doch so. Unser Kanzler denkt – global!«

»Glob isch …? Globsch ne …«

»Oh ja – was denken Sie'n, warum der chinesisch lernen dut.«

»Wiedervereinigung mit China? – Das isses, Frau Bähnert! Dieses Riesenreich … Da dauert der Ofschwung Ost ja noch 100 Jahre. FÜR UNS! Der Standort Deutschland ist gesichert!«

»Nu, und Sie hätten endlich oh wieder Arbeit.«

»Was? Ich soll nach China arbeiten gehn? Nee, nee, Frau Bähnert, dort bin ich ja eener unter vielen.«

Herein – wenn's ein Schneider ist!

Herr Zieschong sitzt auf einer Bank vor dem Lidl-Supermarkt, gleich neben dem Döner-Stand und spießt Pommes mit Mayo vom Papptellerchen. Frau Bähnert hat neben ihm Platz genommen, die Einkaufsbeutel zwischen den Füßen abgestellt und studiert den Kassenbon, guckt ins Portemonnaie und schüttelt den Kopf.

»Ja, ja, 's liebe Geld, Herr Zieschong.«

»Ich hab geene Sorgen damit, ich hab geens.«

»Man fragt sich ja, nach alledem was unsereener so mitkriegt, wie konnte das mit diesem Schneider da überhaupt geschehen.«

Herr Zieschong piekt in die Pommes, daß die Mayo spritzt. »Wo Menschen arbeiten, passieren nu och mal Fehler.«

Frau Bähnert packt ihn am Arm. »Mir reden doch von Banken.«

»Nun ja, was denken Sie, wer dort arbeitet?«

»Nu's Geld! ... Ei, das arme Geld muß immer arbeiten.«

Herr Zieschong nickt. »Für die Bank, genau, für die Bank. Frau Bähnert, mich würde ja auch mal interessieren, wer das ist – die Deutsche Bank. Gehört die allen Deutschen?«

»Das ist Bankgeheimnis! Außerdem geht uns das gar nischt an. Ich will's och gar ni wissen. Ich bin froh, daß mir die Deutsche Bank jeden Monat noch die Rente zahlt.«

»Ich denke ja, Frau Bähnert, gerade im Schneiderfall hat och de Politik versagt. Der Staat. Den hätt ich nämlich erstmal prüfen lassen ...«

»... den Staat?«

»... den Schneider, und zwar von ganz oben. Auf seine Bonität.«

»Was Bonn nie däte.«

»Eben. Die halten sich doch aus allem raus. In dem Staat hamm nämlich die Banken das Sagen.«

»Genau, und die Banken ham gesagt, den Schneider brauchen wir nimmer. Denn die Banken sind ja versichert.«

»Wo?«

»Nu, bei der Versicherung.«

»Und die Versicherung, wo ist die versichert?«

»Nu, bei den Banken, Mensch.«

»Nu, da sind se ja alle aus dem Schneider. Nu, am Ende ist der Schneider durch die Bank weg.«

»Genau. Alles Betrüger! Durch die Bank weg ...«

»Erst hatte der Schneider keinen Knopf mehr in der Tasche, und jetzt läuft er ohne Einlagen herum.«

Frau Bähnert stopft ihr Portemonnaie in den Einkaufsbeutel. »Herr Zieschong, wenn de Gleenen nu och noch alle Pleite machen – der Bäcker, der Dischler und mei Schuster an der Ecke?«

»Nu, da könn se Ihre Einlagen och vergessen, Frau Bähnert!«

Boulevard Rio

Freitag abend in Herrn Zieschongs Schrebergarten. Die Sonne versinkt ganz allmählich zwischen Buden und Büschen. Auf dem Grill brutzeln zwei sächsische Bratwürste. Schon brennt die elektrische Gaslaterne am Weg zur Terrasse, auf der ein Kühlschrank auf vollen Touren läuft. Die Kaffeemaschine brodelt, daneben auf dem Tischchen stehen ein Zuckerhut und ein Eierkochautomat der DDR-Marke »Gackelboy«. Das Bügelbrett mit dem Eisen darauf ist aufgestellt. Herr Zieschong säubert mit dem Staubsauger den Fußabtreter vor der Laubentür, schaltet ihn dann aus und stellt ihn an die Holzwand. Das Maschinenrauschen wird augenblicklich von Grillenzirpen abgelöst ... Herr Zieschong lauscht und sagt: »Ich freu mich aufs Grillen.«

Frau Bähnert kauert auf einem Gartenstuhl, sie ist in eine elektrische Wärmedecke gehüllt. Ihre Füße stecken in einem beheizten Wärmepantoffel. Herr Zieschong setzt sich zu ihr. »Na, Frau Bähnert, wie fühlen wir uns denn heute?«

Frau Bähnert bibbert. »Furchtbar, mei Gudster. Mich hat's doch erwischt.« Sie winkt ihn näher heran, flüstert ihm zu. »Ich hab doch de Sommergrippe.« Dann zieht sie ein Thermometer aus der Achselhöhle, schaut darauf und wirft einen vergleichenden Blick hinüber zum Außenthermometer an Zieschongs Fensterladen. Dann richtet Frau Bähnert ihre Augen gen Himmel.

»Mein Gott, die Hitze. Die müssen doch 'n Klabbs ham – da oben. Furchtbar.«

Herr Zieschong angelt sich aus dem Kühlschrank einen Eisbeutel und legt ihn sich auf die Stirn. »Mo setzt sich ja oh ni bei der Demse mit 'ner Heizdecke und e'm Wärmepantoffel in 'n Gorten. Kranke gehörn ins Nest. Außerdem isses Euergieverschwendung.«

Herr Zieschong holt ein Bier aus dem Kühlschrank, der Flaschenöffner ist mit einem Gummiband am Baum befestigt. Das Bier zischt. Herr Zieschong nimmt einen tiefen Schluck. Frau Bähnert zieht die Decke fester um sich. »Mei Arzt hat zu mir gesacht, ich soll viel an die frische Luft.«

Vom Grill ziehen Rauchschwaden herüber, Frau Bähnert hustet. Herr Zieschung wedelt mit einem Pappteller herum und klopft Frau Bähnert auf den Rücken.

»Danke.« Frau Bähnert will Herrn Zieschongs Hand abschütteln, doch der klopft unverdrossen weiter.

»Se wolln mich wohl dotklobben? Apropos Energieverschwendung ... Herr Zieschong, Ihr Bier muß ooch ne ausm Eisschrank sein – die eiskalte Plärre. Das haut doch durch. Mensch, Se griechen doch e Machen wie'n Sieb.«

»Das is mei Machen, mit dem kann ich machen, was'sch will. Und Sie lassen den ganzen Dach de Kaffeemaschine an. Kochen s'sch sechs Dassen und drinken tun Se eene, wenn überhaupt.«

»Ja, weil ich ni mehr schaffe.« Frau Bähnert greift sich ans Herz. »Früher, ja, da hab ich ooch sechs Dassen getrunken.«

»In der Woche.«

»Am Dach, Sie – Sie, was sucht denn der Gockelboy in Ihrem Garden?«

»Der hält meene Eier warm. 's für de Omnibodenz.« Herr Zieschong lacht ein bißchen dreckig.

Frau Bähnert schüttelt unwillig den Kopf. »Warme Eier bei vertzsch Grad im Schatten, Sie Energieverschwender!«

»Und Sie plätten im Gorden!«

»Oh, is das garstsch! Alter Flez, da sind ooch Ihre Schlübber dabei, Herr Zieschong!«

»Mir braucht keener de Schlübber plätten. Das lassen Se in Zukunft ... da könn' Se Energie einsporn!«

Frau Bähnert kocht – wegen der Decke und der Wut.

»Sie – woll'n mich alte Frau belehrn!? Ausgerechnet Sie, der Sommer wie Winter im Gorden saugt. Jeden Tach 'n Rasen mähd und de Hecke elektrisch säbelt, obwohl er zwee gesunde Pfoten hat!«

»Ihr Muldiboy war aber noch nie in Betrieb, noch nie, Frau Bähnert.«

Aus der Laube klingt das Erkennungssignal der Tagesschau. Frau Bähnert wirft den Kopf herum, Herr Zieschong galoppiert in die Laube und schiebt den Apparat vor das geöffnete Fenster. Der Nachrichtensprecher sagt: »Rio. Bei der Umweltkonferenz in Rio konnte bislang keine Einigung über die Eingrenzung der Kohlendioxydwerte erzielt werden.«

Frau Bähnert packt den Zuckerhut, leckt daran, nickt empört: »Das is doch der Gipfel, daß die sich da oben ni einig wern – übern Energieverbrauch.«

Herr Zieschong setzt einen drauf. »Wissen Se, was das dort is? Der reenste Bullvar Rio!«

Aus der Zinkbadewanne neben den Gladiolen dampft es. Frau Bähnert schreit auf. »Meen Gottel, Herr Zieschong, unser Bodewosser!« Es hängen zwölf Tauchsieder drin.

Tempo 30

Unter einem Tempo-Wagen, Baujahr 30, lugen zwei Füße in Arbeitsschuhen hervor. Herr Zieschong, der sich vor einen Handwagen gespannt hat, stolpert über das Hindernis, schlägt lang hin und wird beinahe vom eigenen Hänger überrollt, welcher umstürzt.

Unter dem Auto flucht es. »Au! Passen Se doch off, wo Se hinträten, alter Rungs!«

Herr Zieschong sammelt seine auf dem Weg verstreuten

Pflanzen auf und röhrt unter den Tempo-Wagen zurück: »Entschuldschn Se nur. Das kann doch keener ahnen, daß unter dem Haufen Schrott noch eens wohnt!«

Frau Bähnert kraucht unter dem Auto hervor, sie hat einen Schraubenschlüssel umklammert. Herr Zieschong ist verblüfft.

»Nanu, Frau Bähnert? Sie? Bei Ihnen is wohl eene Schraube locker?«

»Doch ni bei mir, Herr Zieschong, bei mein Tempo 30, den ich momentan off'n TÜV vorbereite. Na, und Sie?« Frau Bähnert deutet auf die Tomatenpflanzen. »Was haben Sie vor – mit die Strünke da?«

Herr Zieschong dreht ein Pflänzchen in der Hand herum und blinzelt es verliebt an. »Frau Bähnert, ich werde der erste sein – der erste in Sachsen. Ich sage nur eins: Gen-Tomaten!«

Frau Bähnert winkt ab. »Tomaten? Gehn nicht, gehn gor ni. Oldtimer gehn! Gehn sogar sehr gut!«

»Gehn ooch ni. Gehn tut momentan nur eens – manipuliertes Gemüse. Drei-Pfünder-Tomaten, Zwee-Meter-Gurken, Eenhundert-Kilo-Kohl. Der geht ...«

»Sachten Se nicht was von Gemüse?«

»Heutzutage kann man alles manipulieren. Und das is de Zukunft!«

Frau Bähnert grübelt. »Die gibt's schon? – Nu glar, jetzt, wo de Zukunft Wirklichkeit wird – ham mer in Wirklichkeit gar keene Zukunft mehr.«

»Is doch egal. Immer weniger schaffen immer mehr ...«

»... für immer weniger, die's nicht schaffen.«

Herr Zieschong klopft Frau Bähnert auf die Schulter. »Mir schaffen das. Schluß mit der Lethargie, Sie steigen bei mir ein.«

»Nee, mei Gudster, Sie bei mir!« Frau Bähnert streichelt das Blech am Kotflügel des antiken Tempo.

»Frau Bähnert, wenn meine Experimente klappen, manipulier ich Sie um vierzig Jahre zurück!«

Frau Bähnert lacht. »Da wäre ich ja dreißig! Aber da sähn Se alt aus!«

»Na, da laß mers lieber.«

»Und wohin wolln Se denn jetzt?«

»Off meine Versuchsfelder nach Nossen. Fassen Se mal mit an.«

Frau Bähnert und Herr Zieschong heben den Handwagen, an dessen Flanke ein Schild mit der Aufschrift »GEN - NOSSEN« prangt, auf die Ladefläche des Tempo-Wagens.

Frau Bähnert ruft begeistert: »Jawoll, Herr Zieschong. Mit Tempo 30 gen Nossen!«

Die Moral der Geschichte versinkt in schwarzblauem Abgasnebel.

Postleitzahlen

Ein riesiger Postsack quetscht sich durch den Türrahmen des Eingangs am Postamt Blasewitz. Geschoben wird der Sack von Frau Bähnert, die unter Ächzen und Stöhnen in schrillem Mezzosopran die »Christel von der Post« auf den Lippen hat.

Frau Bähnert zerrt den Sack in den Schalterraum. An einem Tisch sitzt Herr Zieschong mit dem Rücken zur Eingangstür und blättert in einem dicken gelben Buch. Frau Bähnert tippt ihm auf die Schulter. »Ach, junger Mann, kennt'n Sie mir ma bitte behilflich sein?«

Herr Zieschong wendet sich um.

»Na so etwas, der Herr Zieschong!« Frau Bähnert nimmt das Buch. »Se hams wohl immer noch ni begriffen?«

»Was?«

»Na, das mit de Postleitzahln.«

»Ich such bloß ...«

»Sehn Se, ich such ooch immerzu. Hier zum Beispiel ...« Frau Bähnert greift in den Postsack und holt eine Ansichtskarte heraus. »Hier, de Lisbeth hat die ...«

»Wie geht's ihr denn eigentlich?«

»Wem?«

»Der Lisbeth. Die war doch zu einer Sprachbehandlung.«

»Ach so, nee, die lisbelt weiter. Also die hat ja auch so 'ne verflixte Zahl.«

»Aber das is doch ganz einfach, Frau Bähnert.« Herr Zieschong nimmt ihr das Buch wieder aus der Hand und spricht als Profi. »Ich brauche dazu folgende Angaben: In welcher Straße ist besagte Person wohnhaft?«

Frau Bähnert antwortet ordnungsgemäß. »In der Langen Straße.«

Herr Zieschong schlägt das Buch auf und liest vor: »Bei besonders langen Straßen ...«

»Genau – das isse, de Lange Straße.«

»... bei besonders langen Straßen brauchen Sie die Hausnummer Ihres Briefpartners ...«

»Von der Lisbeth die is 84.«

»Ach ja, achten Sie aber bitte darauf, ob die gerade oder ungerade ist.«

Frau Bähnert lacht auf. »Na, die is schon ganz scheene krumm, de Lisbeth.«

»De Hausnummer ...«

»Ach so, die is grade.«

»Gut, denn die Hausnummernbereiche, in die eine lange Straße ...«

»Halt, Herr Zieschong. *Die* Lange Straße.«

Herr Zieschong ist nun leicht gereizt. »Von mir aus ... in die *die* lange Straße eingeteilt ist, sind entweder in nur gerade oder nur ungerade ...«

»... un grade darum geht's ja!«

»Aber de 84 is doch grade!«

»Hab ich grade gesacht?«

»Also, de Lisbeth wohnt in der Langen Straße 84.«

»Nee, nee, die *is* 84, de Lisbeth, vor sechs Wochen geworden. Wohnen tut se in der 67.«

»Ach so. Noch mal. – Hausnummernbereiche, in die *die* lange Straße aufgeteilt ist, sind entweder gerade oder ungerade.«

»Na, das sag ich doch grade.«

Herr Zieschong zeigt Nerven. »Hier steht: Beispiel. Sie suchen die Hausnummer 34 ...«

»Nee, 67.«

»Frau Bähnert! Das ist ein Beispiel, ein Beispiel! Also, Sie suchen die Hausnummer 34, und sehen den Hausnummernbereich 28 bis 44, dann liegen Sie richtsch.«

»Sehnse, ich liege richtsch.«

»... falsch wäre es, die Postleitzahl des Bereichs 31 bis 45 zu verwenden.«

»Das wäre falsch ...«

»Hammse das verstanden?«

Frau Bähnert nickt. »Nein.«

»Aber so steht's hier drin. Frau Bähnert, Se begreifen das System nicht!«

»Das hab ich nie begriffen. Früher ni und heute glei gor ni.«

»Frau Bähnert, in welchem Ort wohnt de Lisbeth?«

»Das wissen Se doch ooch, in Castrop-Rauxel.«

»Direkt in Castrop-Rauxel?«

»Nee, in Rauxel-Nord.«

»Also in Castrop-Rauxelrauxelnord.« Herr Zieschong beginnt zu blättern, dann reicht er Frau Bähnert das Buch. »Na, das suchen Se sich bitte selber naus, hier aus dem Ortsteileverzeichnis.«

Frau Bähnert übernimmt das Postleitzahlenbuch und zitiert: »Dieses Verzeichnis nennt die Ortsteile, die für die Zustellung mehrere Postleitzahlen haben ... achten Sie aber darauf, ob der Ortsteil, dessen Postleitzahl Sie suchen, mit einem Punkt gekennzeichnet ist.«

Herr Zieschong ist ungeduldig und wippt mit dem Fuß. »Iss da e Punkt?«

»Woher soll ich'n das wissen? Ich durft ja nicht nüber, zu Lisbeths 75., damals. Ach, ja e Aussichtspunkt hammse da wohl, da Lisbeth eene Karte ...«

»Frau Bähnert!« Herrn Zieschongs Stirnader schwillt. Rasch liest Frau Bähnert weiter.

»In diesem Fall liegt der Ortsteil im Bereich mehrerer Postleitzahlen. Dann nehmen Sie bitte das Straßenverzeichnis des Hauptortes und suchen anhand der Straße, in der Ihr Briefpartner wohnt, die richtige neue Postleitzahl heraus. Hammses verstanden?«

Herr Zieschong nickt. »Nein.«

Frau Bähnert klappt das Buch energisch zu. »So, jetzt langt mers. Der gute Wille war da. Kommse, Herr Zieschong!«

Epilog

Der Abend dämmert. Glutrot didscht die sächsische Sonne in die Elbe nein. Am malerischen Ufer sitzt ein Menschenpaar. Die Frau Bähnert knifft Briefe und Postkarten zu kleinen länglichen Röhren zusammen, Herr Zieschong schiebt die Röllchen in leere Weinflaschen, verkorkt diese und wirft sie mit Schwung in den trägen Strom. »Go West!«

In der Mangel

Frau Bähnert und Herr Zieschong schleppen einen prallvollen Wäschekorb in die Mangelstube. Herr Zieschong mault. »Mor astet sich ja krumm für Sie.«

»Hörn Se off, Sie alter Bormer. Ich muß genauso mitbuckeln ...«

»Muß denn das sein?«

»Das muß sein, Herr Zieschong. Ich bin zwar ni reich – aber ich bleibe sauber! Außerdem sind Ihre Bezüge mit von der Partie. Oder wollen Se demnächst im Inlett schlafen?«

»Nei, aber ...« Herr Zieschong läßt seinen Blick durch die Stube schweifen. »Das ist doch hier ein regelrechter Folterkeller ...«

»Genau – für meine Wäsche. Nu, setzen Se erst mal ab, wärm' sich off.« Frau Bähnert zieht aus der Kittelschürzentasche eine kleine Flasche Magenbitter, reicht sie Herrn Zieschong, der einen tiefen, erlösenden Schluck nimmt. Dann zieht sie die Mangeltücher vom Korb, klemmt sie un-

ter die Holzrolle, fingert ein Staubtuch aus der Tasche und reicht es Herrn Zieschong.

»Wischen Se erst mal alles ab, man weeß ja nie, wer vorher hier was durch de Mangel gedreht hat.«

Herr Zieschong kichert albern. »Nu, der Arbeitsminister wird's ni gewesn sein.«

»Hörn Se off mit'm Blüm, den hätt'sch gerne hier – betreffs Ermangelung zukünftiger Renten.«

»Frau Bähnert, de Renten sind so sicher wie die Armen in der Kirche.«

»Eben. De Kirche … Hörn Se mir off mit der Kirche, möchte wissen, wofür ich den Papst noch bezahle. Erscht verbietet dieser scheinheilige Woitilla die Präservative und dann wundert der sich, wieso die da unten nicht mehr satt werden …«

»Heiliger Vater! Aber Se haben ja recht, Frau Bähnert. Fünf Kinder und mehr zeugen die ja – stellen Se sich das ma bei uns hier vor …«

Frau Bähnert schlägt die Hände über dem Kopf zusammen. »Mein Gott, die viele Wäsche!«

»Familien mit fünf und noch mehr Kindern ...«

»Jesus Maria, aber da wern de Renten gesichert ... Herr Zieschong, die sollten den Papst zum Arbeitsminister machen.« Herrn Zieschong entfährt ein gallebitteres Rülpserchen. »Damit ich dann für de Arbeet bete oder wie?«

»Mein lieber Herr Zieschong ...« Frau Bähnert zieht das Mangeltuch straff. »Arbeit gibt's genug – ziehn Se mal mit! – bloß keenen, der se machen will. Gucken Se sich bloß ma de Mangel an. Hörn Se's?«

»Das iss kee Wurm ... die is noch gud ... Holz arbeitet nu mal.«

»Se ham nischt begriffen. Ich gebe Ihnen een Wink mit 'm Holzpfahl, und Sie wolln's Holz für sich arbeeten lassen. Mein Gott, Sie müssen was unternehmen!«

Herr Zieschong lacht silberhell auf. »Ich als Unternehmer!? Ideen sind heutzutage ... Mangelware!«

»Quatsch! Die Zukunft steht direkt vor Ihnen ... Sie gründen eine Mangelwirtschaft!!«

»Ne Mangelwirtschaft? Jetzt sind Se wohl vollends von der Rolle, Frau Bähnert. Wer soll'n das bezahlen?« Herr Zieschong bückt sich, um die Wäsche aus dem Korb zu holen. Er greift hinein und – hat die Hände voller Tausender. Frau Bähnert grinst ihn an. Herr Zieschong zieht ein Laken fort, darunter liegen bündelweise Geldscheine. Mit dem Fuß stößt er den Korb weg, darunter zeigt sich ein offener Gully. Herr Zieschong ringt nach Luft. »Frau – Frau Bähnert, das kann doch ni wohr sein! Wo worn Se'n letzten Sonntag?«

»Mit der Lore in Berlin.«

»Sie sind Dagobert?«

»Dagobähnert!« Sie legt ihm den Finger auf die Lippen. »Pst, Herr Zieschong, pst!«

Und dann ist Herr Zieschong aufgewacht.

Horrorskope

Früher Silvesterabend. Herr Zieschong sitzt im Café Heiderand, das sich zum Jahreswechsel, wie auch schon am Heiligen Abend, besonders der einsamen Herzen angenommen hat. Herr Zieschong stiert in sein Bier. Möglicherweise resümiert er im Geiste das vergangene, auch nicht bessere Jahr.

Frau Bähnert, mit einem Paket unterm Arm, irrt durch den Gastraum und erspäht endlich den langarbeitslosen Junggesellen, sie läßt sich auf den Stuhl neben ihm plumpsen.

»Uuhh, Herr Zieschong!« Aus dem Lautsprecher tönt es stimmungsfroh: »Blau ist die Nacht.« Herr Zieschong winkt dem Ober. »Ein Herrengedeck!«

Frau Bähnert hat das Paket auf den Tisch gelegt, rückt näher an Herrn Zieschong heran. »Na, mei Gudster, wie is'n de Stimmung?«

»Wie solls'n sein? Was weeß ich denn, was das neue Jahr bringt.«

»Da müssen Se sich eben vorher informieren. Machen Se's wie ich.«

»Was?«

»Nu glar, bassen se ma of. Ich hab ooch ni an Horrorskope gegloobt, aber ich mußte mich refedieren. Und bisher is ooch alles eingetroffen. Hier ...« Frau Bähnert tippt auf das Paket. »... das is von meinem chinesischen Wunderdoktor. Der hat mir schon vor Weihnachten meine ganz privat-persönliche Anneliese der verborgenen Kräfte und geheimen Glückschancen für 1997 zugesandt und probezeit.«

Herr Zieschong guckt unverständnisvoll. »Eh, ich gloobe schon lange ni mehr an die Zukunft.«

»An de Zukunft gloobe ich ooch ni. Aber ans Jenseits. Der probezeit alles in Zahlen, Symbolen und Trieben – und zwar mystisch-mystisch, mei Lieber.«

Herr Zieschong lacht bitter. »Da mystisch mir wo ooch so e Ding schicken lassen?«

»Nu freilich, bassen Se off. Hier steht's ...« Frau Bähnert zieht ein paar Zettel aus dem Paket und liest vor: »Den Sprung in die wirtschaftliche Selbständigkeit können Sie jetzt wagen.« Sie wendet sich Herrn Zieschong zu. »Verstehn Sie? Ich kann. Aber ich will ja gar ni mehr. Oder hier: ›Werfen Sie 1997 allen Ballast über Bord und konzentrieren Sie sich nur noch off Dinge, die Ihnen wirklich am Herzen liegen.‹ Woher will der Chinese denn wissen, daß Sie glei Neujahr mein Keller ausmisten werden, und ich mich nur noch offs Eingeweckte konzentriere?«

»So? Das wußte ich doch noch gar ni.«

»Sehn Se. Das hat der vor uns beeden gewußt. Und zwar durch Ferndiagnose. Dieser Brief steckte Heiligabend in mei Kasten ... Ooch so e Ding. Woher hat denn der Chinese überhaupt meine Adresse?«

»Na, durch die Diagnose. Und darofhin hamm Se sich wo glei die Mystifikationskollektion zu 78,80 bestellt?«

»Ne, wo denken Se denn hin, Herr Zieschong, ich hab klein angefangen. Mit dem Orakelset zu 19,95.«

»Könn' Se denn damit überhaupt umgehen?«

»Konzentrieren Se sich. Hier ein doppelter Orakelstab, *(wir sehen ein paar Stäbchen)*, eene Flasche Mystifikationssoße und die legendären King-Konk-Kucheln.« Frau Bähnert dreht geschickt die Kugel in einer Hand. Herr Zieschong studiert die Gebrauchsanweisung.

»Die dürfen aber ni aneinanderstoßen, Frau Bähnert, in eener Hand!«

Frau Bähnert rollt die Kugeln in beiden Händen herum und stöhnt wohlig. »Ach ja, das tut gut.«

»Frau Bähnert, wenn Se sich in Ihrer Jugend nachts e bissel wärmer angezogen hätten, da brauchten Se jetzt nich de Rheumakugeln.«

»Das sind Gichtkugeln, Gichtkugeln, Herr Zieschong! Und die ...« Frau Bähnert wird jetzt lauter, so laut, daß die anderen einsamen Herzen schon zu ihnen herüberschauen. »Begreifen Sie das, Herr Zieschong, diese Kugeln haben eine ungemein beruhigende Wirkung.«

Frau Bähnert nimmt das Fläschchen mit der Soße und trinkt es auf einen Hieb aus.

»Um Gottes willen, Frau Bähnert, das war doch de Sojasoße!«

Frau Bähnert schüttelt sich. »Soo? Jaa, mei Chinese weeß, was eener alten Frau gut tut!« Sie setzt das Fläschchen ab, schnappt das Paket und entschwindet tänzelnd.

Herr Zieschong dreht den Orakelstab hilflos zwischen den Fingern. Aus dem Lautsprecher dröhnt es: »Du bist nicht allein ...«

Privat geht vor Katastrophe

Canaletto-Stilleben. Dresdens Silhouette und die träge Elbe. Frau Bähnert steht, mit einer achselhohen Anglergummihose bekleidet, bis zum Bauchnabel in der trüben Brühe und jubelt.

»Es steigt, es steigt! Herrlich!«

Herr Zieschong nähert sich ihr unbemerkt von hinten. Ebenfalls im Anglerdress, mit umgehängter Decke. An einer Schnur zieht er ein kleines, mit zwei Sandsäcken beladenes Schlauchboot hinter sich her. »Huh! Frau Bähnert! Hab ich Sie endlich mal erwischt!«

»Herr Zieschong. Na, sagen Se mal, ich soll wohl tot umfallen, was?«

»Im Wasser wiegt der menschliche Körper nur einen Bruchteil ...«

»Hörnse doch auf.«

»Was machense denn überhaupt hier in der Elbe, Frau Bähnert? Se ham wohl ne feuchte Bude?«

»Leider ni. Meine Hornzsche is doch furztrocken, Herr Zieschong.«

»Noch. Noch, Frau Bähnert. Aber was nicht is, kann ja wern, wenn erst de Elbe och hier oben ...«

»Es muß wärn, Herr Zieschong. Mir brauchen das. Und Sie sind ja oh schon ganz schön in Katastrophenstimmung.«

»Nu freilich, aber es passiert ja hier nischte.«

»Das stimmt. Mir steht's bis hier.« Frau Bähnert tippt auf

ihren Hals. »Noch nicht eene eenzische wirkliche Katastrophe hatten mir. Un im Westen hatten se jetzt schon's zweete Hochwasser.«

»Genau. Ich hab's leif gesehn – im Fernsehen. Und wissen se, wenn ich offm Schirm entdeckt hab? De Hanni aus Koblenz, der steht mit ihrer kleenen Drogerie 's Wasser sowieso bis zum Hals, und jetzt kriegt se och noch des Hochwasser.«

»Die sind uns eben voraus.«

»Nu, nahe am Wasser hat die schon immer gebaut.«

»Das konnten wir uns ja hier gar ni leisten.«

»Das Geld hatten wir ja gar ni.«

»Deswegen reichts ja och heute hinten und vorne nich – nich mal für eene richtsche Überschwemmungs-Hochwasser-Katastrophe.«

»Wir sitzen auf dem Trockenen.«

»Nu, weil se früher hier de Talsperren gebaut haben.«

»Max brauchte Wasser.«

»Wer? Sehn se, dafür hattense Geld. Was denken Se eigentlich, wer der neue Bundestagspräsident wird? Wieder eener, der singt?«

»Nee, sinken darf nischte. Offwärts geht's.« Herr Zieschong knipst sein Stern-Kofferradio an. Der Sprecher verkündet soeben die Wasserstandsmeldungen. »Motchanie acht Meter achtunddreißig plus minus zwei, Saale-Havel-Abstiegskanal acht Meter 40 plus minus drei ...«

»Hörn Se, hörn Se, Herr Zieschong, de Saale steicht, se steicht. Auf nach Motchanie!« Frau Bähnert zupft Herrn Zieschong aufgeregt am Ärmel.

»Was wollen wir denn, um Gottes willen, in Motchanie?«

»Herr Zieschong, wir kaufen uns ein Wassergrundstück.«

»Ein Wassergrundstück?«

»Nu freilich, die sind doch jetzt im Steigen!«

Die Butterfahrt

Frau Bähnert sitzt im Tanzsaal eines Gasthofes an einer der vier langen Kaffeetafeln inmitten von Senioren. Sie trägt frischgedrehte Kaltwellöckchen, ihre beste Dederonbluse und das dunkle Kostüm, das sie sich einst für die Feier des Tages schneidern ließ, an dem ihr Gatte Herbert den »Aktivisten« bekam. Ein Dynamiker im rostseidenen C&A-Anzug tänzelt mit dem Mikrofon durch die Reihen.

»Einen schönen guten Tag, meine sehr verehrten Damen und Herren, ich darf Sie heute und hier sehr herzlich begrüßen. Mein Name ist Ralf Reibach, bin achtundzwanzig Jahre jung, meine Maße sind, haha, Scherz muß sein. Der Rest geht Sie nichts an. Eingeladen hat Sie hier und heute in diesen lauschig idyllischen Gasthof, mitten im Spreewald, unsere Firma Lebusan. Was können Sie heute von uns erwarten? Im Anschluß an meine Veranstaltung ein reichhaltiges schmackhaftes Mittagessen, es gibt ein schönes deutsches Schweineschnitzel, wirklich super, lecker. Irgendwie Wahnsinn. Und natürlich die begehrten Werbegeschenke. Für die Damen ein Küchenkarussell, für den Herren einen Gartenzwerg.

Sehen Sie, meine Damen und Herren, wir von Lebusan haben Sie eingeladen, nicht nur, um mit Ihnen zu reden, nein, wir wollen auch mit Ihnen sprechen. Ja, ins Gespräch kommen. Wir suchen den Dialog. Sprechen wir einmal zu allererst über Ihre Gesundheit. Auf Grund der zunehmenden Industrialisierung auf unserer Erde hat das Magnetfeld in den letzten fünfzig Jahren um die Hälfte abgenommen. Und zwar genau um dreißig Prozent! Die Folgen sind doch hinlänglich bekannt. Elektrosmok und natürlich der allseits gefürchtete Elektrostreß. Und genau dieser Elektrostreß ist für die Volkskrankheit Nummer Eins verantwort-

Warten auf den Bus zur Butterfahrt

lich, ja, ich meine – das Rheuma. Fazit, auf Grund des fehlenden Magnetfeldes zittert der alte Mensch heute nicht mehr erst mit achtzig, sondern schon mit sechzig und noch früher. Wie ich hier vorn sehe, noch früher. *(Der Saal kocht.)* Ja, wie sieht es denn aus in den Seniorenheimen? Ich bin dort gewesen. Ein Krüppel, zwei Krüppel, Rollstuhl, Feierabend. Ich weiß, das klingt grausam, ist aber so. Denn es kommt vom Rheuma. Jetzt frag ich Sie, meine Damen und Herren, wer von Ihnen hat denn schon mal Rückenschmerzen gehabt?«

Frau Bähnert räuspert sich und meldet sich zögerlich. »I ... ah!«

Der junge Seidenmann legt ihr die Hand auf die Schulter.

»Sehen Sie, wieder ein Fall mehr. Was unternimmt der

Einzelne gegen das Rheuma? Nichts. Mancher geht zum Arzt und läßt sich Tabletten verschreiben. Aber Tabletten sind – Chemie. Und wir sind – Natur. Also wieder ein Konflikt. Und dieser Konflikt, meine Damen und Herren, ist unlösbar! Denn Rheuma ist unheilbar. Und diejenigen, die schon Bekanntschaft geschlossen haben mit dieser Krankheit, wissen, wovon ich spreche. Jetzt frag ich Sie, wer von Ihnen nimmt denn Tabletten? Meine Damen und Herren. Ich meine, gegen das Rheuma. Sie? Und hat es Ihnen was genützt? Sehen Sie, geht doch gar nicht. Denn Rheuma heißt – Gift. Es kommt aus dem Griechischen und heißt Rheuma. Nun will ich hier nicht den Teufel an die Wand malen, das steht mir nicht zu, meine Damen und Herren. Denn man kann das Rheuma aufhalten, ja eindämmen. Aber nicht so, daß Sie zum Arzt rennen und die Kassen belästigen. Nein, für unsere Gesundheit müssen wir Deutschen auch mal selber etwas tun. Die Kassen haben von uns die Nase voll. Deshalb, meine Damen und Herren, investieren Sie in eine solche ... Therapie! Diese Therapie der Firma Lebusan hat vielen Menschen nicht nur das Leben gerettet, sondern es erst einmal überhaupt lebenswert gemacht. Und um Ihnen heute zu helfen, bin ich hier. Und das, meine Damen und Herren, meine ich ganz, ganz ehrlich.

Sehen Sie, ich persönlich habe nichts davon, ich bin leider gesund. Ich habe nämlich eine solche Therapie. Aber eine Omi, die hab ich nicht. Und soll ich Ihnen sagen, warum? Meine Omi ist nämlich gestorben. Und nun raten Sie mal, woran. Genau, an Rheuma. Und seit dem Tod meiner Omi verkaufe ich Decken. Denn ich hab mir gesagt, Junge, hab ich gesagt, Ralf, jetzt mußt du was tun. Verkaufe du Decken, für unsere alten Menschen gegen das Rheuma. Aber eben nicht irgendwelche, sondern Decken von Lebusan. Denn Lebusan hat sich eins ganz deutlich auf die Decke geschrieben: Lieber gesund leben, als krank sterben! Und darüber wollen wir heute sprechen. Jetzt frag ich mal hier, besitzt schon jemand eine solche Therapie?«

Frau Bähnert meldet sich ungeduldig. Der Rostrote wendet sich ihr zu. »Und können Sie uns dazu etwas sagen?«

Frau Bähnert nimmt ihm das Mikrofon ans der Hand und schmettert es in den Saal: »Also ehrlich, wenn mir das schon früher gekannt hätten, hätten mir uns ni so rumquälen müssen, die letzten vierzig Jahre.«

»Würden Sie diese Decke heute zurückgeben wollen?«

»Niemals!«

»Ich danke Ihnen. – Sehen Sie, meine Damen und Herren, daß ist Mund-zu-Mund-Werbung. Die ehrlichste Werbung, die es gibt. Unsere Therapie, meine Damen und Herren, ist deshalb so Spitze, weil sie das fehlende Magnetfeld unserer Erde ersetzt. Und zwar durch diese fünf Magnetbandstreifen. Die nehmen Ihnen die Schmerzen und schenken Ihnen nur Schlaf. Unsere Lebusan-Therapie besteht zu hundert Prozent aus Lebusanwolle und eben nicht aus Lama. Sie ist pflegeleicht, mit Inlett. Der Unterboden, Seide, verstärkt mit feinstem Damast. Man will es doch auch noch mal schön haben – auf seine alten Tage.

Zur Reinigung? – Nun sollte nachts doch mal ein Mißgeschick passieren, kein Problem, wie gesagt, die Therapie besteht aus hundert Prozent Baumschurwolle und ist somit waschbar bis 97 Grad. Und das ist ein echter Fortschritt. Eine Lebenshilfe, made bei Lebusan.« Der Rostseidene klettert auf die kleine Bühne, auf der gewöhnlich das Trio »Die vier Spreewaldbuben« zum Tanz spielt. »Meine Damen und Herren, kaufen können Sie diese Decke heute und hier nicht. Und wissen Sie warum? Weil wir in Dresden ein Fachgeschäft eröffnen. Ab 1. 12. Ja, wir schaffen Arbeitsplätze.

Diese Decke kostet dann im Fachgeschäft – Qualität hat ihren Preis! – 1298 Mark. *(Der Saal tobt.)* Sie sollten mal Ihre Gesichter sehen von hier oben, lauter Verkehrsunfälle. Aber was ist Ihnen Ihre Gesundheit wert? – Alles. Gesundheit ist nämlich mit nichts zu bezahlen. Und wenn das Kind erst einmal in den Brunnen gefallen ist, dann braucht man es auch nicht mehr mit der Badewanne auszukippen, wenn Sie nicht verstehen, was ich meine, es stirbt nämlich.

Nun gibt es ja auch immer wieder Unbelehrbare. Die meinen, wozu brauche ich eine Decke. Gestern war ein alter Opi hier oben, und der sagte: ›Du Ralf, wozu brauch ich noch ne Decke?‹ Wissen Sie, was ich dazu gesagt habe? ›Du, Opi, hab ich gesagt, nebenan ist ein Zimmer. Da steht 'ne Kiste, die ist zwei mal ein Meter, da kannste dich reinlegen.‹ Ich weiß, das klingt hart, aber ein solcher Mensch hat sich ja aufgegeben. Der braucht sich dann auch nicht mehr zu kämmen und zu waschen. Der ist nämlich tot.

Und dann war einer hier, der sagte: ›Du Ralf – ich heiße Ralf – red nicht so viel, gib mir zwei Decken. Meine Frau solls auch schön haben.‹ Da hab ich gesagt. ›No. Erst ab 1. 12.‹ Denn sonst hab ich ja keine, die ich Ihnen zeigen kann.

Und dann meldete sich eine alte Omi. Und die sagte: ›Ich habe nicht 1298 Mark. Aber ich habe Schmerzen. Ich kann nicht warten bis zum 1. Dezember. Da kann es nämlich schon zu spät sein.‹ Und da habe ich gespürt: Diese alte Dame, die hatte mich verstanden. Und die hat auch eine Decke bekommen. Aber nicht für 1298 Mark, nicht für 1100 Mark, nicht für tausend Mark, für sage und schreibe – 890 Mark!

Wer kein Geld hat, kann die Decke auch mitnehmen und mir das dann in Raten bezahlen.«

Frau Bähnerts Tischnachbarin sagt: »Schade – in Rathen. Ich wohne in Wehlen.«

Der oben auf der Bühne unterbricht seinen Redefluß

nicht. »Natürlich müssen wir Zinsen nehmen, aber nur ein Prozent. Das ist so gut wie gar nichts. Wir müssen Zinsen nehmen, sonst kriegen wir Ärger mit der Bank. Aber das kennen Sie ja. Eine Lebusan-Therapie auf Raten ist keine Schande, eine Schande ist es, hier mitzufahren, Geschenke abzufassen, zu wissen, man kann etwas für die eigene Gesundheit tun, und – keine Therapie mitzunehmen! Das ist die Schande! Aber spätestens dann, wenn diese Menschen sich vor Schmerzen krümmen und auf allen vieren krauchen, spätestens dann werden Sie mich betteln um eine Therapie. Wir machen alles für unsere Kunden. Denn in unserem Hause gilt noch das Sprichwort: Bei uns ist der König – Kunde! Und wer jetzt kauft, der bekommt noch etwas dazu. Nämlich ein Dankeschön. Hier ist die Duo-Vario. Duo – zwei, aus eins mach zwei, Rückenstütze, auch bestens geeignet für offene Beine. Duo-Vario. Reißverschluß, Wollsiegel und eine schriftliche Garantie. Und wer das alles nicht will, der bekommt von uns für nur 280 Mark einen Kuschelmantel. Und die Buttermuschel. Jawohl, zum Kuschelmantel die Buttermuschel.

Letzte Woche war ein Mann bei mir, der kaufte zwei Decken. Und der hatte mich erst recht verstanden. Nicht nur Gutes für sich, sondern auch für seine Frau. Und wer's jetzt noch nicht begriffen hat, dem ist nicht zu helfen. Wer eine solche Decke mit Dankeschön möchte, der kommt jetzt nach vorn, und zwar alle kommen. Und wenn ich sage, alle, dann meine ich auch – alle! Sie sind doch nicht fußkrank. Wer nicht kommt, verzichtet freiwillig auf sein Werbegeschenk. Kommen Sie, nur anfassen. Danke. Alle nach vorn kommen, alle anfassen! Aufstehen, aufstehen! Und wer keine Therapie bezahlen kann – mit dem werden wir uns ganz schnell über eine kleine Organspende einig!«

Die Schampanja-Demo

Zwei Demonstranten marschieren die Prager Straße in Richtung Hauptbahnhof hinunter. Herr Zieschong schleppt ein anderthalb mal anderthalb Meter großes Pappschild mit der Aufschrift: »Ich trinke keinen französischen Schampanja mehr!« Frau Bähnert hat ein Transparent entrollt: »Ich esse keine französische Konjakbohne mehr! Nie mehr Scherrie!«

Die Passanten bleiben stehen, drehen sich kopfschüttelnd nach den beiden um. Herr Zieschong reckt die Brust heraus. »Ach, Frau Bähnert, ich bin richtsch offgeregt. Wie lange habsch ni mehr demonstriert!«

»'89 's letzte Mal, hinter de Gardine.« Frau Bähnert weist auf Zieschongs Schild. »Aber sachen Se ma, seit wann trinkt denn e Arbeitsloser Schampanja?«

»Ich will doch nur ein Zeichen setzen. Ich trink nach wie vor mei Radebeuler. Aber de Welt soll sehn, ich bin gechen de Atomversuche auf dem Atoll.«

»Ah – toll. Ich ooch – außerdem hatte ich zu Konjakbohnen sowieso 'n gespaltenes Verhältnis.«

»Was naschen Sie denn da jetzt?«

»Weinbrandbohnen – das stärkt de deutsche Wirtschaft und entlastet mei Portmonnee.«

»Portemonnaie is ooch 'ne französische Erfindung.«

»Quatsch, Portmonnee heeßt Geldbörse. Das Wort is französisch, aber ni der Inhalt, und of den kommts schließlich an.«

Herr Zieschong doziert: »Das Portemonnaie erblickte das Licht der Welt in der hintersten Province, nämlich in Bordeaux, und das liecht in Frankreich.«

»Moment e mal, ich versteh immer Porto, welches Porto meenen Se denn jetzt?«

»Welches Bordeaux? Gibts denn zwee?«

»Na klar, Ihr Bordeaux und das Porto in Portogal.«

»Das is doch alles eens, Frau Bähnert.«

»Mei Portmonnee kommt ni aus Frankreich, und deshalb darf ich's ooch behalten. Ich wüßte ja sonst gar ni, wohin mit meen'm Gelde!«

»Denn geben Se doch einfach eenen aus, Frau Bähnert. So 'ne Demo macht Hunger!«

Frau Bähnert rollt das Transparent ein. »Komm Se, Herr Zieschong. Am Blauen Wunder, da gibt's doch den herrlichen Chinesen.«

»Zum Chinesen? Um Gottes willen! Bei den Menschenrechtsverletzungen! Da sind mer doch dagegen!«

»Ei Gott, na eben, da war doch der himmlische Frieden 89! Nu, dann gehn mer zum Türken, Kebab fassen.«

»Kebab? Sind Se närrsch! De Kurden sind Ihnen wohl egal?«

»Nee, das sind se nich ... ich demonstrier ja schon weiter. Aber wenn schon keen Kebab, dann wenigstens die Kleenen – die Kebabtschitschi?«

Herr Zieschong stöhnt auf. »Die liegen doch in Jugoslawien, Frau Bähnert, und dort is Krieg. Dagechen müssen wir demonstrieren. Ich hol uns 'n Beffsteck. Das geht.«

»Und der Rinderwahnsinn, der englische!?«

»Und de Salmonellen!«

»Gechen die war ich schon immer! Oh, Herr Zieschong, langsam sterb ich vor Hunger!«

»Da gehn mer ebend ins Café Wochenpost. Dort gibt's Saßnitzer Seemannsgarn, das sich gewaschen hat.«

»Recht ham Se, Herr Zieschong. In Krisenzeiten muß mer auf einheimische Rohstoffe zurückgreifen.«

Die Führung

Natürlich ließ sich Herr Zieschong breitschlagen. Paul Neumann, ehemaliger Mitmieter und Ex-Hausbuchführer im alten Mietshaus, bevor er raus nach Gorbitz in einen Plattenbau zog, hatte ihn bekniet. »Günther«, flehte er, »Günther, komm zu meinem ersten Auftritt, damit ich wenigstens ein bekanntes Gesicht in der Menge sehe. Laß mich nicht allein.«

Eigentlich hatte Herr Zieschong Paul Neumann nie gemocht, nicht wegen dessen Broterwerb als NVA-Offizier, nein, wegen der jährlichen Bulgarienreise, die Neumann immer gekriegt und Zieschong nicht gekriegt hatte. Neumanns Frau arbeitete im Reisebüro.

Und wieder hat Paul Neumann dem langzeitarbeitslosen Herrn Zieschong etwas voraus – einen nagelneuen ABM-Job innerhalb der Gnadenbrot-Aktion 55. Mehrmals täglich führt Neumann – in einem Crash-Kurs an der Führungsakademie geschult – Touristen durch ein sakrales Meisterwerk der Elbmetropole. Wenn die Kirchenuhr die volle Stunde schlägt, nimmt Paul Neumann ein Bastkörbchen für die Spenden in die schweißnassen Hände, und die Führung beginnt.

»So«, Neumann wischt sich den Angstschweiß ab, beginnt mit unsicherer Stimme. »Zur Kirchenführung noch jemand? Was Sie alle? Na gut ... bitte. Also, ich freue mich sehr, Sie heute so zahlreich zu unserer Führung durch die Katholische Hofkirche begrüßen ... zu dürfen. Mein Name ist Neumann. Wir werden also die nächste Dreiviertelstunde mitnander auskommen müssen. Ich fange glei ma an, damit wir unser gigantisches Pensum ooch hinter uns bringen.

Bitte richten Sie jetzt als erstes Ihr Haupt- und Augenmerk nach oben. Was sehen Sie? Netze, nischt als Netze. Das kommt daher, daß de Kirche nicht ganz dicht ist, daß heißt, die Decke da oben ist dünn – sehr dünn sogar, und sie droht jederzeit abzustürzen. Die Führung hier ist kostenlos, doch Zeit ist ja bekanntlich Geld, und so bitte ich Sie glei zu Beginn um eine Spende am Ende unserer Führung.

Sie alle wissen natürlich, daß Sachsen die Hochburg des Evangelismus darstellte, um so verwunderlicher ist es, daß Sie heute und hier auf die größte katholische Kirche Sachsens stoßen. Im Jahre 1738 wurde sie nach den Plänen eines römischen Baumeisters begonnen. Zwar gab es auch in Sachsen überaus geschickte Bauleute, aber die waren allesamt mit dem Bau des Bollwerks des sächsischen Protestantismus beschäftigt, der Frauenkirche, und so mußte man sich halt einen Ausländer greifen, den Caetano Chlaverie, und der hat dann die Kirche ooch gebaut. Was Sie hier sehn, ist später Hochbarock, und 1754 war das Meisterstück fertig. Die lange Bauzeit ist einmal auf Geldmangel zurückzuführen, die sächsischen Könige hatten ja nie Geld, jedenfalls nie genügend, und dann gab's ooch Knatsch, weil der Chiaverie anders bauen wollte, als sich das der sächsische König – August der Zweite – vorstellte. Der Ausländer Chiaverie reiste also ab und baute in Rom und am Petersdom – in Leningrad. Halt falsch: am Leningrader Dom in Petersburg – nein, doch anders, am Petersdom in Rom und später dann in Petersburg, dem heutigen Leningrad.

Ich hoffe, Sie haben erstmal einen allgemeinen Überblick insgesamt gewonnen. Folgen Sie mir bitte in die erste Eckkapelle.«

Bereits hier spürte Herr Zieschong eine gewisse Trockenheit in der Kehle. Paul Neumann fuhr unbeirrt fort.

»So – was Sie hier sehen, ist sehr modern, es ist die ehemalige Kapelle des Heiligen – des Heiligen – na Mensch, wie hieß der, der das Beichtgeheimnis verraten hat ... nicht der Antonius, der andre – ne, ne, nicht Pumuckl.«

Zieschong hilft: »Nepomuk.«

»Nepomuk genau. Danke schön. Vor sich sehn Sie einen Altar aus Meißner Porzellan, ein sehr festes und stabiles Material, und ich bitte Sie jetzt glei mal, dieses Kunstwerk zu entschlüsseln. Was wollte uns der Schöpfer damit sagen?

Der Schöpfer dieses Altars aus Meißner Porzellan, welches sehr leicht und zerbrechlich ist, hieß Friedrich Press, und es ist schon recht schwer, hinter das Geheimnis zu stoßen, was er uns heute noch damit sagen will ... Am besten, ich helfe Ihnen ein bißchen dabei, um Ihnen den Zugang dazu zu vereinfachen, ich mach das glei ma mit meinen eigenen Worten, das geht schneller.

Also, hier sehen Sie die Pieta, die Mutter Gottes, oben die eingedrückten Aushöhlungen solln die weit aufgerissenen Augen sein, die sich die Mutter ausweinte, als sie all das Leid der Bombennacht vom 13. Februar 1945 sah. Also, ja das hätte ich jetzt fast vergessen, der Altar ist so gebaut worden, 1971 oder 1973, das weiß heute keiner mehr so genau, für all die Opfer der ungerechten Gewalt – ungerechte Gewalt? –, als obs noch gerechte Gewalt gäbe, na ja, der wird sich schon was dabei gedacht ham ... das dazu, gut, so, wo warn mer nu stehngeblieben? Ach ja, die weitaufgerissenen Augen, weiter unten, wenn Sie sich das einmal ansehn wolln ... das ist der Jesus, er liegt auf ihren Schenkeln – das Kind der Mutter Gottes ... Pieta, da vorne der Kopp, deutlich zu sehn – is abgeklappt, hängt quasi bloß noch am seidenen Faden, und dahinter schließt sich sein Leib an. Die große Ausbuchtung, hier auch Fleischwunde genannt, von Press, ist leer. Dort hat einmal das Herz gesessen, es ist ... fort. – Die Krönung dieses Kunstwerks aber ist der Dornenkranz in der Mitte, der aber Trümmer symbolisch darstellen soll.

Hier vorne, der Altar, ebenfalls aus Meißner Porzellan, sehr fest und stabil, da schlagen Flammen raus, und hier unten, das sinn Häuser.

Ja – das war's –, erst einmal bis hier hin ... und jetzt kann sich jeder einmal selbst ein Bild von machen und sich die Frage stellen, ob das für ihn nu Kunst sein soll oder was ... Ich persönlich finde diese Pieta – eh – pietätlos. Früher, wie gesagt, war das die Kapelle des Heiligen Nepomuk, dem Mann, der das Beichtgeheimnis verraten hat.«

Die Trockenheit in Herr Zieschongs Kehle verstärkt sich. »Bitte folgen Sie mir nun in den Seitenflügel.

Hier sehen Sie, meine Damen und Herren, ein Meisterwerk der barocken Malerei – gemalt von Balko, Anton. Ein Mann wird geborgen, er hat sich in großer Verzweiflung in die Fluten der Moldau gestürzt, sehr schön gezeichnet die Züge des Leides – er ist auf der Brücke, hat große Schuld auf sich geladen. Es ist wieder einmal der Heilige Nepomuk, er wollte ertrinken in der Elbe, weil er das Beichtgeheimnis eben nicht verraten hat.

Bitte folgen Sie mir nun weiter, denn ein weiteres Meisterwerk erwartet uns schon. Die Statue – ist als einzigste während des Krieges ganz geblieben, und schon im Juni 1915 wurden hier vor diesem prächtigen Taufstein die ersten Gottesdienste zelebriert.

Er ist ungewöhnlich groß, der Taufstein, und ein Kenner der Szene soll seinerzeit einmal gesagt haben: für die Königin Joseffa gerade groß genug – dazu muß man wissen, sie bekam 15 Kinder! Fünfzehn! Ein Kind heute, was ist das? Ein Porsche! Diese Frau hatte 15. Was das bedeutete, kann sich jeder selbst ausrechnen! ...

Nun sind Sie wieder gefragt, verehrte Besucher, wie heißt der Mann mit Lamm und Hirtenstab, halb kniend, halb aufgerichtet, halb auf dem Sprung?

Richtig! Dieses geniale Meisterwerk des Italieners zeigt

uns Hannes den Teufel. Teufer. Entschuldigung, diese Hitze. Geschaffen im Jahre, ja, lange her.

Gleich hier nebenan – überlebensgroß – die beiden Kirchenväter Augustinus und Ambrosius. Spüren Sie, wie der prächtig geschwungene Mantel förmlich lebt? Einmalig! Das nenne ich Kunst. Das Material der beiden Figuren ist nicht etwa Marmor, welches damals absolut modern und üblich war, sondern weiches Lindenholz, weiß lackiert. Geschnitzt hat sie Balthasar Permoser.

Permoser hat ja ooch den Zwinger da drüben gemacht, und das war e eingefleischter Junggeselle, trotzdem erfreute er sich bis ins hohe Alter bester Gesundheit, war kräftig und wurde an die achtzsch. Eben Junggeselle! Augustinus und Ambrosius entstanden 17hundert und fenge ... beide ähneln sich sehr, wenn man genau hinsieht. Nu fragt mer sich, ja woher wußte der alte Balthasar, wie die Kirchenväter ausgesehn ham wolln? Die warn ja schon ne ganze Welle tot. 14hundert Jahre gut und gerne. Fotos gab's ne. Das alles war nur möglich kraft seiner blühenden großartigen ... ja na, Phantasie. Da sich beide sehr ähneln, ist es gar ni so leicht, sie zu unterscheiden. Sie lachen – es stimmt, was ich sage –, schauen Sie dort links, der Bienenkorb dient uns heute als Gedächtnisvermittlung. Wer ist wem. Denn der Volksmund sagte, wenn Augustinus predigte, sprach ... dem seine Reden gehen uns runter wie ... Bienen – quatsch Honig – Bienenhonig, sach ich doch, zu dem andern fällt mir momentan nischt weiter ein ... aber gepredigt hat er ooch. Gepredigt ham die ja alle ... So, nu weiter, sonst schaff' mer unser Soll ni. Soll ja ne ewig dauern.

Das mit der Spende hatsch Ihnen schon gesagt ... gut, bitte, hier entlang zum Mittelschiff. Jetzt gucken Se sich mal in aller Ruhe diesen herrlichen Altar an. Ist der ne Wahnsinn? Ooch von Permoser. Später Hochbarock. Was es hier alles zu entdecken gibt, erschtemal hier die vier Apostel mit dazugehörigen Utensilien, und hier unten sielen sich de Engel quasi schwebend mit den Marterwerkzeugen, Kelch, Dornenkrone, Pfählen und Kelche – spüren Se, wie der hier an uns vorübergeht – und hier, der kleene Dicke hält noch de Kneifzange, womit se de Nägel aus dem Christus rausgezerrt ham. Alles wirklich sehr eindrucksvoll und plastisch. Eine Meisterleistung, spät, aber Barock, man muß schon staunen, wie der das alles um den Kanzelkorb drumerum plaziert hat. Die Kanzel, off die steigt heute keener mehr ruff. Die Zeiten sind – Gott sei Dank – vorbei. Dieses von oben herab – hat ja ooch viel Unheil gestiftet, daß wolln mer an dieser Stelle nicht vergessen. Die gebildeten unter Ihnen wissen ja, daß die heiligen Messen früher vom Hochaltar gehalten wurden, mit dem Rücken zum Volke.

Heute schaut uns der Geistliche ins Auge, wenn er was zu sagen hat, und zwar von Amtsgesicht zu Angesicht. Dazu dient der prächtige gläserne Altar – womit uns de Kirche wahrscheinlich sagen will: Seht her, wir sind durchschaubar. Na, wer's gloobt, wird selig. Der Altar jedenfalls wird schon sei Geld gekostet ham.

Jetzt zu die großen Leuchter – der Große in der Mitte mißt 4 Meter zwanzig... jetzt schätzen Se mal, wie hoch der is?«

Vor Herrn Zieschongs geistigem Auge türmt sich weißer Schaum auf goldgelber Flüssigkeit in einem stangenhohen Bierglas mit Henkel. Herr Zieschong leckt sich die Lippen.

»Fünf Zentner pures Silber wiegt der Griebel, der Leuchter, die andern acht sind zwee Meter siebzig hoch, ebenfalls pures Silber. Das ist der Kirchenschatz der Wettiner.

Wenn ich Ihnen jetzt noch sage, daß das gebrochen wurde, gebrochen wurde das Silber bei Freiberg, am Tag wurden ein bis anderthalb Zentimeter Silbererz gewonnen – gewonnen klingt gut, dabei war's gar ni seine, da könn' Se sich mal ausrechnen, wie groß de Ausbeute sein mußte.

Rechnen Se mal anderthalb Zentimeter mal fünf Zentner ... da komm' Se nie droff!

Von hier aus sieht man sehr schön die große Silbermannorgel, geschaffen von Gottfried, ja – Semper. Er hat cirka fünfzsch Orgeln gebaut, cirka eine davon sehn Se hier, es ist die letzte und die letzte in Dresden überhaupt. Dreitausend Pfeifen wohnen hier beziehungsweise sind in dem prächtigen Gehäuse von Häckel untergebracht. Das alles ist uns – Gott sei Dank – erhalten geblieben, weil kluge Leute schon 1944 einen Bombenangriff auf Dresden voraussahen, deshalb wurden die Pfeifen vorsorglich ausgebaut, weil sie planmäßig rekonstruiert werden mußten.

Die Nachhallzeit hier in der Kirche beträgt zehn Sekunden, so daß ein Organist seine Lauscher dementsprechend organisieren mußte, um überhaupt mitzukommen, also nicht zu schnell wurde. Er mußte warten können, woll' mer so sagen. Gespielt wird zu festlichen Anlässen sowie zu Messen, aber auch Weihnachten und Heiligabend, dann mit den Kapellknaben, der Staatskapelle und manchmal ooch nachmittags zum Vesper, und das ist immer sehr schön, was da organisiert, durchgeführt beziehungsweise realisiert wird – auch Ostern. Das Altarbild stammt von Anton Raphael Mengs, er hat es lange nach der Einweihung der Kirche der Heiligen Dreieinigkeit gemalt. Das Bild ist über zehn Meter hoch und zeigt passend zur Kirche die Heilige Dreifaltigkeit ... Einigkeit, oder Einheit?

Da das bei den Dresdnern so nicht ankam, da hat man das Bild später umgetauft in die Auferstehung ... und das ist heute noch deutlich zu sehen. Insgesamt ein sehr bewegtes Geschehen, und ich finde, Mengs hat viele Farben sehr schön ineinander ... gemengt! Der Rahmen war jahrelang im Keller, war fast verrottet, er stellt heute einen würdigen goldenen Rahmen zum Bild dar. – So, nu wolln mer weitergehen.

Das hier, das ist das Heiligtum der Kirche – die sogenannte Sakramentskapelle mit Al. Tuborg-Nagel – das ist praktisch die Präsenz Gottes hier auf Erden, und hier die ewige Flamme, das Licht – die Ampel –, die brennt immer ... deswegen ewig. Über dem Tabernagel ein Bild von Luie de Silvestre, dem Hofmaler Augusts – ist beim Angriff verbrannt – das Bild, und man nimmt an, daß es auch zu dieser Zeit gemalt wurde. Das Heilige Abendmahl ist auch verbrannt, und so sehen wir heute eine Kopie ... trotzdem auch noch sehr schön, und ganz oben sehen Sie in dem Fenster eine ... Plastik. Die stellt den Johannes dar, das Buch mit den sieben, ja acht verschlossenen Siegeln, wer sich in der Geschichte e bissel auskennt.«

Schon greift Herr Zieschong im Geiste nach dem Glashenkel, setzt das Bier an, schluckt und schon rieselt die kühle Blonde durch seine Röhre und durchrieselt seinen Körper. Herr Zieschong schluckt noch einmal. Dann macht er abrupt kehrt. »Folgen Sie mir nun in das allerheiligste der Kirche, der königlichen Gruft ... Der letzte macht bitte die Tür zu.

In der Gruft, die sehr schön kühl ist, das spüren Sie ja, kann man es aushalten. Einmal wir – und natürlich auch die einbalsamierten Leichen, an die fuffzsch müßten hier liegen, mumifiziert in Zinnsärge gelegt, und außen ist der dementsprechende Sargopharg.

Ich bitte Sie herzlich, nichts zu berühren, denn die Legierungen korrodieren sehr schnell, einige sind schon infolgedessen gerissen und geben somit, wenn Sie einmal genau hinriechen wollen, auch etwas frei.

Ganz hinten in der Ecke, links mit dem braunen Kreuz, da schlummert der letzte Sachsenkönig, ein Mann, der von Tausenden zur letzten Ruhestätte begleitet wurde – August III. Er war der beliebteste König im Sachsenland. Es wird zum Beispiel erzählt, daß 1918 Revolutionäre vorsichtig an das Schloßtor gepocht haben solln, vorsichtig deshalb, weil der König noch schlief, und da er bei offenem Fenster schlief, konnte man sein Schnarchen auf dem ganzen Theaterplatz hören, das war für die Revolutionäre das Zeichen zum Klopfen. So ruhig war das damals hier. Als er nun aus seinem schönen sächsischen Schlaf gerissen wurde, war er, was selten vorkam, mufflig, und als er dann noch erfuhr, daß er zum Dank für seine geleistete Arbeit abdanken sollte, und überhaupt hörte, jetzt sei Revolution, stieß er den Satz aus, von dem wir heute noch zehren: ›Macht euern Dreck alleene!‹

Daran hat sich Sachsen bis heute gehalten.

An die Spende hatte ich schon erinnert. Ich stell mal das Körbchen hier hin und dreh mich weg, damit Se nicht denken, ich gucke, was Sie si neintun. Und überhaupt ...«

Paul Neumann blickt sich suchend um. »Na, Günter, wie warsch? Günter?« Herr Zieschong aber sitzt bereits auf einer Bank am Altmarkt, hat eine Büchse Feldschlößchen vor der Gurgel und blickt um sich. »Dresden is ä Paradies«, sagt Herr Zieschong, »eene Meisterleistung!«

Tante Ilses Laden

Es ist Freitag in Sachsen und nach Eins. 17.30 Uhr, um genau zu sein. Frau Bähnert vertritt für eine Woche in einem 590-Mark-Job ihre Nachbarin Brigitte Zunke, die mit ihrem Gatten, dem Fernfahrer Jürgen Zunke, im Urlaub auf Teneriffa weilt, in deren Konsum-Shop, einem innovativen Nachwende-Unternehmen – einem Kramladen. Soeben trägt Frau Bähnert das Schild mit der Aufschrift »Unser Beitrag zum neuen Ladenschlußgesetz! Heute: Kirschkuchen ohne Kern« in das Geschäft hinein,

als Herr Zieschong durstig um die Ecke biegt. Gnadenlos verschließt Frau Bähnert um 17.31 Uhr die Ladentür mittels Rolladen.

Herr Zieschong kommt angerannt, wedelt mit den Armen. »Drei Flaschen Bier bitte, Frau Bähnert!« Herr Zieschong verkennt die Lage. »Na, Sie sind ja der Zeit schon weit voraus. Sie machen erscht halb sechse am Abend off. Ich frei mich, wie die netten Ladenöffnungszeiten greifen.«

»Hier greift gar nischt«, entgegnet Frau Bähnert, »denn wie Sie sehen, schließe ich gerade meine Ladenöffnung.«

»Ich krieg de Tür nich zu – und was wird aus mir, ich bin König – ergo Kunde!«

»König Kunde geht bitte vor in de Trinkhalle – äh – Tankstelle. Das is sowieso 's Beste bei Ihr'n Konsum.«

»Nu aber ...«

»Gar nischt aber, hier is Feierabend, außerdem hab ich's satt, ega das Gebuckle mit Ihrem Leergut. Und Pfand wolln Se am Ende ooch noch ...«

»Aber es is doch noch niche ma achte, Frau Bähnert. Sei'n Se doch ni so gnadenlos. Jetzt, wo ich immer daheeme hocke, fällts mir ehm manchmal erscht abends ein, daß ich noch was brauche für'n Feierabend. Se hätten ja ma 'n Ton sagen können, wenn Se noch mehr einstellen müssen.«

Frau Bähnert schließt das zweite Schloß zu. »Nischt muß ich einstellen. In de Regale steht genug. Und von dem bissel, was Sie glugsen, kann ich mir keene zusätzliche Fachkraft leisten.« Sie schiebt das Schutzgitter zu.

»Frau Bähnert, Sie ham ja den Konsum-Shop sechsfach verriegelt und verrammelt!«

»Nu, muß ich doch. Gestern war mal wieder Jubiläum.«

»Jubiläum?«

»Nu, Premiere, nu der 10. Einbruch seit Öffnung der Ladenschließzeiten. Mer kommen gar ni mehr raus aus der Inventur. Ich hab de Graupen dicke!«

»Was fehlt denn diesmal?«

»E Päckel Kaffee und mei letzter Rondo – für'n Privatgebrauch!«

»Sonst nischt?«

»Nichts.«

»Frau Bähnert, dann weeß ich, wer das war!«

»Wer?«

»Das können nur die gewesen – de Türken, nu, de andren hätten auch Kaffeefilter mitgenommen!«

»Und was soll ich denn nu machen?«

»Frau Bähnert, de Diebe komm'n doch immer nachts, wenn der Laden dicht ist. Tja, hätten Se durchgehend geöffnet ...«

»Mit Ihnen gehn se wohl durch. Da komm ich ja gar ni mehr raus aus dem Laden? Nu, und wann soll ich einkaufen?«

»Das übernehme ich für Sie. Machen Se mir bis morgen 'n Zettel fertsch.«

»Herr Zieschong, Sie sind e Scharnier! Das is de Lösung für de Schließung. Gleich öffne ich wieder de Ladenschließzeit rund um de Uhr. Nu, und die Sache hat noch'n Vorteil: 's brauch ja niemand mehr zu klauen, weil er jetzt alles kaufen muß. Wenn ich dran denke, daß ich de letzten Nächte vor Offregung keen Ooge mehr zugetan hab ...«

»Sehn Se, da komm' Se jetzt endlich ooch ma zur Ruhe!«

Das Bundesverkehrswege-beschleunigungsgesetz

Abendstimmung im Dresdener Großen Garten. Die Hauptachse kommt Frau Bähnert im Tempo 30 mit Tempo 30 heruntergeduggert. Herr Zieschong, im Arbeitskittel, mißt mit einem Schneiderbandmaß den Weg aus. Frau Bähnert lehnt sich aus dem Fenster und schreit: »Gehn se nüber! Ich hab's eilig!« Herr Zieschong hört nicht. Der Tempo-Wagen bremst und nippelt ab. Jetzt erst dreht sich Herr Zieschong um.

»Frau Bähnert! Nu, sachen Se ma, Sie dürfen doch hier gar ni fahren!«

»Das weeß ich ooch. Aber de Stadt is doch zu. 's wird Zeit, daß de Autobahn kommt.«

»Die kommt. Ich vermesse schon ma. Da se sich ni of

Im Großen Garten

eene Variante einichen können, geht se nu hier durch'n Großen Garten – statt – nah – stadtschneidend.«

Frau Bähnert staunt. »Was, hier durch unsere eenzsche Oase? Is das beschlossen?«

Herr Zieschong klettert aufs Trittbrett und raunt Frau Bähnert ins Ohr. »Ja, abers darf noch keener wissen, daß de Abstimmung damals im November völlig sinnlos war.«

»Da hätten se sich ja das Geld für de Wahl sparen können, und 's hätte ruhig 'ne Spur mehr sein können.«

»Frau Bähnert, achtzig Millionen Deutsche fahren vierzig Millionen Autos. Mensch, denken Se ma 'ne Spur weiter.«

»Mach ich doch, mei Gutsbester, mach ich. Bald fahrn eine Milliarde Chinesen fünfhundert Millionen Autos.« Sie klettert aus dem Auto heraus, trampelt einen Maulwurfshügel platt. »Ich freu mich, endlich, höchste Eisenbahn, daß de Autobahn kommt.«

Herr Zieschong rollt das Bandmaß auf. »Wenn alle so denken wie Sie, Frau Bähnert, dann is in 25 Jahren endgültig Ruhe.«

»Nu nehm Se ma de kleene Trommel, Sie alter Schwadroneur. Das ham Se vor 25 Jahren ooch schon gepredigt, und ich muß immer noch leben.«

»Denken Se doch ma an de schlechte Luft draußen.«

»Die stört mich ni. Ich hab 'ne Klimaanlage da drinne.«

»Und Ihre Nachfahrenden – Ihre Kinder?«

»Ich hab keene Kinder, ich hab sechs Enkel ...«

»Eben, die wolln Se vielleicht ooch noch ma besuchen. Tja, wenn se durchkommen.«

Frau Bähnert nickt. »Genau, wenn se durchkommen. 25 Jahre sind 'ne lange Zeit. Und überhaupt, Herr Zieschong, jetzt ma Schluß mit Ihrer Dorwiererei. Messen Se lieber weiter, und sin Se froh, daß Se noch was zu messen ham. Wissen Se, was Sie sind? Se sind gechen den Fortschritt!«

»Für mich heeßt Fortschritt – Verzicht, und zwar heute für morgen!«

Frau Bähnert tritt einen Schritt näher an Herrn Zieschong heran, nimmt ihn am Binder. »Jetzt will ich Ihnen ma was sachen, alter Polittheoloche. Nur ma eh Beispiel. Als meine Freundin Inge noch klar denken konnte, fuhr de Bimmel, de 26, aller zehn Minuten. Heute kommen selbst de jungen Lente ni mehr mit.«

»Das stimmt so ni, Frau Bähnert. Das verhält sich nur umgekehrt proportional.«

»Ja, genau umgekehrt, für de 26, die früher aller zehn Minuten fuhr, fährt heute de 10 aller sechsundzwanzig Minuten.«

»Woher wissen Se denn das?«

»Vom Chef der Verkehrsbetriebe persönlich, von dem Herrn Zieschonk! Warten Se mal, Zieschonk? Das is ja, das is ja – Ihr Namensvetter! Vetternwirtschaft! Se stecken wohl mit dem unter eener Decke. Se ham den Plan ausgeheckt!«

»Der Plan ist abgestimmt, koordiniert mit unserem OB Wagner – der sitzt nämlich im Aufsichtsrat der Verkehrsbetriebe und stellt im Endeffekt ooch de Weichen für'n Fahrplan.«

»Wolln Se mich verklapsen, Herr Zieschong? Der Wagner is doch für de Autobahn, wie kann er denn da ooch gleichzeitig für de Bimmel sein?«

»Frau Bähnert, das is de neue Dialektik. Ooch der Wagner verhält sich umgekehrt proportional. Klappt das eene ni, klappts andre.«

Frau Bähnert greift sich an den Kopf. »Das is mir zu hoch!«

Herr Zieschong erklärt geduldig: »Das is doch ganz eenfach – kommt das Bundesverkehrswegebeschleunigungsgesetz ni ...«

»... de Autobahn!«

»Genau! Se denken mit, Frau Bähnert! Kommts ni, is unser OB quasi als Trittbrettfahrer wieder off Seiten der Straßenbahn.«

»Und der Herr Zieschonk hat 'ne Aktie bei Mercedes. Nu klar, und desdewechen ham se 'n Fahrplan geändert, damit de Inge endlich mit der Autobahn fahren kann – alle zehn Minuten. Nu, wenn das so is – und wie sachten Sie, in 25 Jahren is alles vorbei? Da kommts of die eene Autobahn nu ooch ni mehr an.«

Friedensfahrt '95

Hoch über die Straße ist ein Transparent gespannt mit der Aufschrift »ZIEL«. Frau Bähnert und Herr Zieschong treffen als letzte des Rennens ein. Die anderen Teilnehmer stehn schon mit Decken umhüllt herum, trinken

Orangen-Fitjuice. Frau Bähnert tritt kräftig in die Pedale, Herr Zieschong kauert hinter ihr mit angezogenen Beinen und einer Büchse mit »Radler« in der Hand in einem Fahrradanhänger.

Frau Bähnert keucht. »Jetzt habsch aber de Graupen dicke. Schluß mit der Tortur.«

Herr Zieschong nimmt einen Schluck ans der Büchse. »Aber schön war's doch. Frau Bähnert, wie Sie an der Steilen Wand von Meerane unsern Täve abgehängt ham – das war Weltniveau!«

»Na ja, aber ohne den kleenen Blüm hättsch das ni geschafft.«

»Der Blüm?« Herr Zieschong klettert aus dem Anhänger. »Der war doch gar ni mit von der Partie!«

»Ham Sie ne Ahnung. Der hat mich ja indirekt gesponsert – gegen den Täve. Mit der Pflecheversicherung!«

»Wie?«

»Mit der Fußfleescheversicherung. Viermal de Woche rammle ich zur Fußpfleche. Das Geld in der Kasse muß doch alle wern.«

Herr Zieschong streckt sich. »Oh, jetzt tun mir ooch de Knochen weh. Egal in dieser Geisha – da geh'sch ja am Stock.«

»Das is doch keene Geisha, da is 'ne Ritschija.«

»So de Friedensfahrt is nu vorbei, es hat nischte genützt, seit heute früh 5.45 Uhr fliecht de UNO mit dor Nato.«

»Un mit Tornados. Uns kann's egal sein, Sie müssen da doch nich mehr hin, Herr Zieschong.«

»Abwarten, Frau Bähnert, wenn's dem Friedhofs-Rühe einfällt. Mir solln doch jetzt alle länger schindern! Der steckt mich noch in Ihre alte Nato-Plane und schickt mich nach Bosnien.«

»Ja, aber höchstens zum Offräumen. Das is ja e humanitärer Einsatz.«

»Frau Bähnert, als mir da unten einmarschiert sind, warn mer da eechentlich Angreifer oder Verteidscher?«

Frau Bähnert legt Herrn Zieschong die Hand auf die Lippen. »Mensch, sind Se stille, wenn das eens hört! Außerdem entscheiden so was die da oben. Uns fragt ja keener!«

»Un – momentan herrscht da unten noch Ruhe – nicht Rühe. An de Adria. Wo machen mer denn in diesen Jahr überhaupt im Urlaub hin, Frau Bähnert?«

»Mir ham ja noch gar nischte geplant. Oh, das wird knapp.«

»Wie wär's mit last Minnit?«

»Da warsch noch nie.«

»Ich würd ja gern ma nach London. Das soll herrlich sein.«

»Ach, na ja, London, nee, ega die Demse*.«

* *Demse = Hitze*

»Na, dann ebend in die Dolemiten!«

»Hörn Se off, Herr Zieschong, da muß ich ni reisen, die habsch ooch hier.«

»Was?«

»Dolle Mieten!«

Balkonien

Die Sonne sticht. Frau Bähnert und Herr Zieschong sitzen auf dem Balkon.

Fran Bähnert dreht einen Schirm auf der Schulter, auf dem die Weltkugel abgebildet ist. Herr Zieschong löffelt seinen Kuchen.

»Guten Appetit, Frau Bähnert. Lassen Se doch mal das Gewerche mit dem Schirm. 's macht eenen ja ganz nervös.«

Frau Bähnert stellt den Schirm neben dem Balkontisch ab, nimmt einen Schluck aus der Tasse. »Hm, das schmeckt, der Bohnenkaffee. Und das scheene Stückel Buttercremdorte ... Ach, zu Hause schmeckts eben doch am besten.«

»Hier, passen Se off mit de Seismonellen.«

»De Seismonellen.« Frau guckt auf den Schirm. »Da würdsch nie hinfahrn. Apropos, wo soll's denn bei Ihnen hingehn im Urloob?«

Herr Zieschong legt ihr die Hand auf den Mund und guckt ängstlich nach oben und unten. »Psst, ni so laut, geht keenen was an. Folgendes: Wer heutzutage Ferien macht, dem geht's doch gut, weil er sich's leisten kann.«

»Da fahrn Se wohl ins Ausland?«

Herr Zieschong flüstert. »Es gibt doch so viele Möglichkeiten zu reisen, sich zu bilden.«

Frau Bähnert winkt ab. »Ach ne, andre Länder, andre Sitten. Obwohl – Kenia tät mich schon intressiern. Off so eene Softfarie.«

»Saftarie, Frau Bähnert, Saftarie.«

»Das hab ich doch gesagt.« Frau Bähnert schiebt einen Happen Buttercreme in den Mund.

»Kenia – Kenia – Kenn ich ja und ega de Giraffen, da kann ich ooch in Zoo gehn, und dort gibt's Feldschlößchen. Ungarn – das wär vielleicht noch was. Grade jetzt, wo mir denen mal zeigen können, wo's langgeht.«

»E, Herr Zieschong, de ungarische *Salani* kriegsch jetzt in jeden Konsum, und das Bissel, was die noch ham, wolln mir denen nicht ooch noch wegfressen. Dänemark, da war ich 1913 beim Herbert auf Fronturlaub. Da worn mir noch wer.«

»Jetzt sind mir nich mal mehr Europameister.«

»Hm, durch die Olsenbande. De Dänen.«

»Apropos Olympia, wissen Se, was mir am Fußball gefällt: Wenn die sich nach einem Foul wieder vertragen, diese Fairness.«

»Apropos – unser Zaun könnte ooch wieder mal Fernis vertragen, sonst fault der. Holland. Holland wär herrlich.«

»Ach, was wolln mer denn in Holland, da gibt's nischte mehr zu holen. Frau Bähnert, ich war dort schon viermal zur Verkoofsfahrt, ich hab soviel Tulpenzwiebeln dorheeme, die kann ich gor ni alle fressen. Aber wissen Se, wo ich noch mal gerne hindäte, grade jetzt so in mein Alter... Thailand.«

»Ach, nee, e Teil - land ham mer hier ooch, höchstens mal nach Mailand.«

»Mei Land, dei Land. Ich meene doch Dei - land.«

»Herr Zieschong, wieso duzen Sie mich denn plötzlich?«

Herr Zieschong entreißt Frau Bähnert den Schirm und tippt wie wild darauf herum. »Passen Se off! Guggen Se, was ich meene, is ... Thailand. 's liecht hier in Südostasien, was Sie aber meenen, Mailand, also, Ihr Land liecht in Italien.«

»Nee, nee – jetzt irren Sie sich, denn Irland liecht hier hinter Großbritannien. Was ich aber meene, Mailand, das liecht na – na genau in Italien.«

»Nu, das hab ich doch gesagt.«

»Das ham Se gor ni gesagt, alter Haderlump, das Gezerre mit Ihnen egal. Obwohl, nee, nee, da können mer ni hin – Italien, da habsch Angst.«

»Wieso das, Frau Bähnert?«

»Nu, Mensch, überlegen Se mal, was is denn in Italien, wo mor Angst ham muß?«

»Dor Papst?«

Frau Bähnert kichert. »Nee, also, Herr Zieschong, aus dem Alter sind mer doch beede schon raus. De Mafia!«

»Ei Gott, na eben. Nu, da fahrn mor eben dies Jahr ni fort, ich muß ja ooch ni ega weg ...«

»Nu und guggen Se, bei mir isses ja so, Herr Zieschong, ich hab's ganze Jahr Zeit, da mußsch ni ooch noch im Urloob wegfahrn.«

Die Stasiakte

Frau Bähnert und Herr Zieschong wuseln vor dem Gebäude der Gauckbehörde herum. Frau Bähnert zieht Herrn Zieschong am Jackenärmel zur Tür.

»Hier isses. Hier sind mer richtig.«

»Ich komm doch glei. Immer mit der Ruhe geht der Pastor in de Schuhe!«

»Hinten is de Schlange zuende.«

»Nu, sind se doch ni so. Nach was stehn mer denn überhaupt an?«

»Also, Herr Zieschong, ich hab Ihnen doch erklärt, daß se hier is!«

»Wer? Was?«

»Pssst! De Stasiakte in der Stasizentrale!«

»Nu, fangen Sie ooch noch an. Diese Hitzerie mit de Akten!«

»Ich hab meine Gründe. Abgründe, wenn'sch dran denke.«

»Frau Bähnert, Se sind ja ganz offgeregt. Nu, erzähln Se doch mal.«

Frau Bähnert hält mit der Hand die Wechselsprechanlage an der Tür zu. »Als 1976 de Hedwig in Wuppertal ihren zweiundachtzichsten hatte, ham se mich doch ni fahrn lassen. Und jetzt will ich ganz genau wissen, wer mir die Tortour damals vermasselt hat. De Döring vermutet ja, daß es an der Hausordnung lag. Ich hätte ni zweemal nachgebohnert.«

»Na, dadran lags ooch ni.«

»Das gloob ich ja ooch ni, denn de Döring hat de Hausfenster bloß mit Zeitungspapier gewienert, wo ich damals schon immer das Fenstertuch von Wildleder hatte. Und die durfte zur Hannelore, zu ihrem Patenkind der ihre Nichte, zur Schuleinführung nach Köln fahren ... jedes Jahr!«

»Na, die war ja ooch in der DSF und in der Nationalen Front.«

»Ja, das kann es sein, denn ich war ja bloß im Konsum und in der HGL. Herr Zieschong, Sie ham wirklich e gutes Gedächtnis. Mer vergißt ja so schnell.«

»Wachsamkeet, Frau Bähnert, Wachsamkeet!«

»Ja, Wachsamkeit is gut ... Moment mal, Sie hatten doch als eenzscher im Hause Telefon!«

Herr Zieschong legt nun zusätzlich seine Handfläche auf die Wechselsprechanlage und auf die Frau Bähnert.

»Die ham mich doch unter Druck gesetzt.«

»Was!? De Stasi!? Herr Zieschong!«

»De Feuerwehr, Frau Bähnert.«

»Die warn ooch bei der Stasi?«

»Wer sagt denn das?«

»Na, Sie! Jetzt aber raus mit der Wahrheit. Ich hab e Recht zu wissen, wer derbei war und wer ni. Und zwar mit Namen und Hausnummer!«

»Hören Se doch off mit Ihren schlimmen Verdächtigungen. Als Spritzenmeester mußte ich doch jederzeit erreichbar sein. Und nu sagen Se mal, apropos Hausnummer, ich frage mich de ganzen Jahre: Wieso hammer seit 1978 de Goldene Hausnummer gehabt, obwohl unser Keller zweimal nicht abgeschlossen war? Sie warn doch in der Zeit Hausgemeinschaftsleitungsvorsitzende! Wer hat Sie den eechentlich in die Position gehievt?«

»Oh, is das ungezogen! Da könnte ich genauso Sie fragen, wo Sie den roten Stasi-Lada herhatten?«

»Der war von der Feuerwehr. Und wieso ham Sie zum 1. Mai vorne- und hintenraus geflaggt?«

»Sah das ni hübsch aus? Aber Sie warn off der Tribüne – 1985 und 1989.«

»Weil ich se mit offbauen mußte. Neunundachtzsch war doch keener mehr da! Und wieso ham Sie mich denn beobachtet?«

»Weil ich beobachtet habe, daß Sie mich beobachten.«

»Frau Bähnert, wissen Se, was Se sind – e alter dreggscher Bohnerbesen!«

Frau Bähnert bleibt die Luft weg, dann preßt sie heraus.

»Nu, und Sie ham doch Ihren Verstand versoffen, weil Se egal weg die eiskalte Plärre plumpen, Sie alter Spitzel ... Spitzel – Spion!«

Aus der Wechselsprechanlage kommt eine Stimme, die informiert: »Frau Bähnert und Herr Zieschong, es tut mir leid, über Sie liegen keine Akten vor. Schönen Tag noch.«

Frau Bähnert und Herr Zieschong sehen sich enttäuscht an. Herr Zieschong findet zuerst seine Fassung wieder.

»Und daderfür fahrn mer extra in de Stadt. Schämen muß ma sich.« Frau Bähnert barmt. »Was sag ich denn bloß der Döring, wo ich doch jetzt gar keene Akte hab.«

»In der DDR konnte ma sich eben off nischt verlassen!«

»Komm Se, ich lad Se zu eenem Tässel Kaffee ein. Bohnenkaffee. Ich hab noch e Viertel Rondo.«

Im Armeemuseum

Frau Bähnert und Herr Zieschong stehen vor einem russischen Panzer vom Typ T 34. Mit dem Finger fährt Frau Bähnert staubprüfend über das Metall und schüttelt den Kopf.

»Eene Wirtschaft is das hier. Ham die denn keen ABM zum Saubermachen?«

Herr Zieschong zieht eine Sächsische Zeitung aus seinem Einkaufsbeutel, tippt auf die Titelseite. »Sehn Se mal, Frau Bähnert, de Welt is ungerecht ...«

»Wieso Die Welt? Se ham doch hier de SZ.«

»Horchen Se ma, hier off der ersten Seite ... Rückkehrgeld für Bosnienflüchtlinge ... und hier off der vierten ... Waigel zahlt jedem Soldaten, der freiwillig nach Bosnien geht, 130 Mark pro Tag – als Wegzehrung sozusagen.«

»Hundertdreißsch!? Nu, da macht Krieg doch Spaß. Das is doch endlich mal ne positive Meldung. UN-gerecht. Tja, mit 'n Mensch is es wie mit mit'm Gelde. Ein Kommen und ein Gehen!«

»Einkommen würde mir schon langen. 's Eingehen klappt leider besser. 130 Mark? Is das ni genau der Betrag, den se Ihnen von de Rente abgeschmolzen ham?«

Frau Bähnert wischt sich den staubigen Finger am Tempotaschentuch ab. »Ja, und ooch das is rechtens. Wir Rentner sinn nu ma das kleinste gemeinsame Vielfache. Halten Se mal.« Sie gibt Herrn Zieschong ihren Hut und die Handtasche und klettert allen Ernstes auf den Panzer hinauf in Richtung Zielfernrohr. »Ich hab sozusagen meinen Beitrag für Bosnien geleistet, 's Taschengeld für einen Soldaten zahl ich – als Oma. Für de andren sind andre dran.«

Herr Zieschong blättert in der Zeitung. »'s is ja eene Friedensemission da unten. – Frau Bähnert, Se derfen sich ni ans Rohr hängen! Je stärker der Kapitalismus, desto sicherer der Frieden!«

»Sie alter Friedenshetzer, Herr Zieschong!« Frau Bähnert holt Schwung und landet in hohem Bogen sicher auf beiden Füßen. »Die 130 Mark sind eine Trennungsentschädigung.« Sie klappt ihre Handtasche auf, nimmt eine Brieftasche heraus, klappt sie auf und zeigt Herrn Zieschong das Foto eines jungen Mannes in Uniform. »Hier, der Herbert! Als mei Herbert 1942 nach Bosnien mußte, da gab's keene eenzsche Mark.«

»Stimmt, jetzt sind mer schon eenen Schritt weiter, und das is erscht der Anfang. Aber was is, wenn der erschte deutsche Soldat da unten stirbt?«

Frau Bähnert ist entrüstet. »Also, Herr Zieschong! Wie könn Se nur ...« Dann huscht ein Lächeln über ihr Gesicht. »Dann hat de Bundesrepublik Deutschland endlich wieder eenen richtschen Feind.«

Herr Zieschong ergänzt erregt. »Genau, dann wirde de Rüstung, ä, de Wirtschaft angekurbelt, und was kommt dann? Raten Se mal.«

»Wachstumsraten, neue Absatzmärkte. Herr Zieschong, der Standort Deutschland ist gesichert!«

»Und de Bundeswehr hoffentlich allianzversichert!«

»Und wenn unsere deutschen Jungs wieder heemkehren, gibt's für jeden als Geschenk 'n Arbeitsplatz.«

»Und wenn's wirklich eenen 'n bißchen erwischen sollte, der findet denn ooch 'n Plätzel im Dienstleitungsbereich.«

Frau Bähnert nickt. »Klar, zum Beispiel beim ADAC, die fahrn ja schon jetzt off de Zukunft ab, für die hat de Zukunft ja schon begonnen. Die stellen jetzt Staumelder ein.«

»Da muß mer bloß telefonieren können.«

Frau Bähnert und Herr Zieschong sind wieder an der Museumskasse angelangt. In Vitrinen sind Matchbox-Panzer, Jagdflugzeugmodelle, Mini-Kampfhubschauber und anderes hochwertiges Friedensspielzeug ausgestellt. Frau Bähnert zupft Herrn Zieschong am Ärmel.

»Stehn Se eechentlich immer noch off solche Modelle? Ach, na klar doch. Einen Tornado bitte!«

Der Verkäufer wühlt in den Pappschachteln im Regal herum. »Wir haben aber nur noch die teurere Ausführung.«

Frau Bähnert sagt stolz: »Was andres kommt für uns gar ni in Frage.« Sie überreicht Herrn Bähnert den Karton. »Hier, mei Guter, was zum Basteln, wenn Se schon immer derheeme hocken müssen.«

Herr Zieschong ist gerührt. »Danke, Frau Bähnert, endlich ma wieder Beschäftigung. Und wenn's dem Standort dient!«

Frau Bähnert schrickt zusammen. »Wie spät is es denn jetzt?«

»Fünf vor zwölfe!«

»Los, das schaffen mer noch. Ja, das is das Richtsche nach dem ganzen Militär.« Sie faltet ein buntes Reklameblatt auseinander. »Kaffebildungsfahrt nach Öderan. Lustiges Schlachtfest mit allem drum und dran!«

Das Geschäftsessen

Es gibt Kartoffeln, Quark, Butter und Leberwurst. Frau Bähnert hat Herrn Zieschong zum Mittagessen eingeladen. Herr Zieschong haut einen gewaltigen Klacks Quark auf Frau Bähnerts Teller, daß es nur so spritzt.

»Oh, Entschuldichung, Frau Bähnert.«

»Schon gut«, Frau Bähnert wischt sich mit dem Schürzenzipfel die weißen Spritzer von Brust und Kinn. »Was gibt es denn so Neues in der Weltgeschichte?« beginnt sie die Konversation.

»Oh, ich bin bald raus aus der Talsohle.«

»Wie bitte?«

»Für mich beginnt der Offschwung. Ich gloob, ich hab Arbeit gefunden.«

»Sie?«

»Nu ja, bloß vorher soll'ch noch mit dem essen gehen.«

»E Geschäftsessen, Herr Zieschong? Is das herrlich ... Aber um Gottes willen, nu klar, der will Sie testen, de Manieren, Herr Zieschong, Ellebochen, Ellebochen!«

Herr Zieschong nimmt augenblicklich die Ellenbogen vom Tisch. Frau Bähnert piekt Herrn Zieschong beinahe die Gabel in die Brust. »Von dem Essen kann ihre Perschpektive abhängen. Der Schein bestimmt das Bewußtsein! Also, los geht's! Jetzt bringen mer Ihnen Manieren bei. Als erschtes – wenn Se morchen zum Beispiel mit dem da Pellkartoffeln essen: sehn Se ma, so anspießen, ritzen und ordentlich häuten – machen Se ma nach.«

Herr Zieschong versucht es, stöhnt. Die Kartoffeln platscht in den Quark.

»Dadran sieht der Geschäftsmann sofort, ob Se geschickt sin, Herr Zieschong.«

Herr Zieschong nickt ergeben und preßt mit den Fingern die warme Leberwurst aus der Pelle. Frau Bähnert schlägt die Hände zusammen.

»Um Gottes willen, wenn Se das morchen ooch so machen, stellt der Sie nie ein!«

Herr Zieschong nimmt einen kräftigen Schluck aus der Bierflasche und rülpst kräftig.

»Se solln ni plumpen, sondern gesittet trinken, und wenn schon überhaupt, dann aus einem Glas. Und keen Bier. Wein, bestelln Se Wein, das macht'n viel bürcherlicheren Eindruck. Se wolln doch wer sein – oder – werden.« Frau Bähnert geht zur Anrichte, nimmt ein Glas heraus, haucht hinein, poliert es mit dem eben benutzten Schürzenzipfel, gießt einen kleinen Schluck Bier hinein, reicht es Herrn Zieschong. »Das soll jetzt Wein sein. So, bitte sehr, is es recht so?«

»Das is doch bloß was für'n hohlen Zahn. Ich merk doch gar nischt.«

»Mein Gott, Se soll'n doch ooch bloß probieren ...«

»Nu, ich probier doch schon de ganze Zeit mit Ihnen.«

»... ob de Temperatur stimmt.«

Herr Zieschong hält das Glas an die Wange. »Ich möchte mich zum gechenwärtchen Zeitpunkt noch ni äußern. Dazu hab ich einfach zu wenig probiert.«

Frau Bähnert steht hinter ihm, hat eine Hand auf den Rücken gelegt und schenkt noch mal nach. »Und – Ihr Urteil jetzt?«

Herr Zieschong trinkt in einem Zug. »Jaaa, das is'n Feldschlößchen.«

»Nee, Herr Zieschong das ist doch Wein – nur mal angenommen.«

Herr Zieschong verzieht plötzlich das Gesicht. »Wenn's Wein is, dann is der – nur mal angenommen – quietschesauer das Gelumbe.«

»Der is herb, höchstens herb! Scheen trocken, sagt man. Also, was sagen Sie zum Kellner?«

»Ich sage ganz trocken: diesen herben Wein hat der Körper nicht angenommen. Herr Ober, bitte e Hefeweizen!«

Frau Bähnert rudert vor Entrüstung nach Worten: »Dann ... dann ... Sie ... Sie sind entlassen!« Sie läßt sich auf ihren Stuhl fallen, rückt dann aber mit dem Kopf doch näher zu Herrn Zieschong heran. »Sagen Se ma, wo solln Se denn eichentlich anfangen?«

»In der Gastronomie.«

Frau Bähnert lehnt sich zufrieden zurück. »Na, da war ja unser Knigge-Stündchen goldrichtsch. Wie heeßt denn das Restaurant?«

»Essen off Rädern – vonne Volkssolidarität!«

»Essen off Rädern? – Da komm Sie nie an. Prost Mahlzeit, Herr Zieschong!«

Wandertag

Frau Bähnert und Herr Zieschong schreiten Seit an Seit beherzt aus. Die Wanderstöcke klappen im Rhythmus des Schritts. Frau Bähnert hält inne und stöhnt auf.

»Herr Zieschong, ich kann ni mehr!«

»Bei der Hitze möcht mor gar ni weit weg. Wärmer als hier kann's in Tunesien ooch ni sein.«

»Aber Indonesien is herrlich, nur eben wärmer als hier.«

»Sag ich doch. In Tunesien isses noch wärmer wie hier.«

»Aber Indonesien is noch viel wärmer.«

»Na, sag ich doch, daß es dort wärmer is.«

»Wo?«

»In Tunesien!«

»Indonesien! Jawohl.«

Frau Bähnert breitet eine karierte Decke aus. Herr Zieschong wühlt im Rucksack herum und holt eine blecherne Feldflasche heraus, trinkt und setzt ab. »Frau Bähnert, ich hab meine Wurzeln hier, und die begieß ich jetzt.«

»Genau, bei der Hitze is mor ja gezwungen, in de Natur zu fliehen, wenn die jetzt alle durch de Stadt rammeln. Und von Jahr zu Jahr werden's mehr.«

»Immer mehr, Frau Bähnert, hamm se mal de Pflastersteene angeguckt, wie abgelatscht die sind? Vierzsch Jahre hatten mer Ruhe, und jetzt kommen die!«

Frau Bähnert hat ihre Schuhe und einen Strumpf ausgezogen, sie reibt die große Zehe und begutachtet eine Blase. »Wenn's schon qualmt, brauchen mer e Pflästerchen.«

Herr Zieschong nickt. »Genau, Pflastersteene bräuchte mor. Das ganze Gesockse. De Engländer, de Franzosen, Griechen.«

Frau Bähnert sucht im Rucksack nach einem Wundpflaster. »De Franzosen griechen? Na, bei de Hitze. Da hauts eenen schon mal zu Boden.«

»De Griechen, Frau Bähnert, Griechenland!«

»De griechen ooch noch Land? Aber ni von uns, Herr Zieschong, mer ham schon genug abgetreten!« Sie zieht Strumpf und Schuhe wieder an, rollt die Decke zusammen und schnallt einen braunen Trageriemen darum. Herr Zieschong greift zum Wanderstock. »Ach, Frau Bähnert, Urloob, Tourismus, rumreisen, e, das is sowieso nur was für Besserverdienende ...«

»Wer soll'n das sein?«

»Frau Bähnert, die, die eben besser verdienen.«

»Und was sind die anderen?«

»Das sind die schlechter Verdienenden ...«

»... die's ni besser verdient ham, zum Beispiel Sie, Herr Zieschong?«

Herr Zieschong winkt ab. »Ich mecht mal wissen, wo de Reichen Urloob machen?«

»Das kann ich Ihnen sagen. Im Steuerparadies Manoggo!«

»Monaco, Frau Bähnert, dort wird sogar der Urloob von de Steuer abgesetzt.«

Frau Bähnert stellt den Rucksack auf den staubigen Waldweg. »Ich muß ooch e mal absetzen. Aber, Herr Zieschong, die entlasten unser Finanzamt, wenn die sich absetzen. De Beamten kämen ja sonst gar ni hinterher.«

»Nu klar, die fahrn doch ni nach Monaco in Urloob.«

»Und wo machen Sie Urloob, Herr Zieschong?«

Zieschong hat schon wieder die mit Bier gefüllte Blechflasche vor dem Hals. Er rülpst. »Mein Motto, Frau Bähnert: Bleibe im Lande und ernähre dich redlich!«

»Ni so wie der Herr Schneider war?«

»Der wollte doch bloß mal e bissel raus aus seinem Leipziger Einerlei.«

»Allerlei! So was wie der taucht ab ins Land der untergehenden Sonne. So'n teuren Urloob können sich de Manager von den Gläubigerbanken ni leisten.«

»Dabei leisten die sich ganz schön was. Kommse, Frau Bähnert, mer müssen weiter. Immer schön bergab, vorbei an de blühenden Landschaften. Vorwärts immer, rückwärts nimmer ...«

»Da brauchen mer ooch ni mehr nach Paris ins Dixieland.«

Herr Zieschong entfaltet eine Wanderkarte. »Wo stehn mer denn überhaupt?«

»Das weeß doch keener, Herr Zieschong.«

»Hier das is unser Weg, Frau Bähnert. E ausgelatschter Pfad, immer schön ruhig bergab – nur ganz kurz sanft bergauf. Sehnse mal!« Er zeigt auf die Wanderkarte, auf der ein sich schlängelnder Weg eingezeichnet und mit einer Markierung versehen ist: Roter Kreis auf weißem Grund.

»Was'n, sind die jetzt ooch schon hier? Ham die uns umzingelt?«

»Wer denn, Frau Bähnert?«

Sie tippt erregt auf die Karte. »Hier isses eingezeichnet. Soweit isses gekommen: Wanderwege bis nach Japan!«

Im Café Toscana

Frau Bähnert wedelt mit den Armen, während Herr Zieschong mit suchendem Blick ins Café tritt.

»Huh-huh, Herr Zieschong, huhuh, hierher, kommse hierher. Ich hab für Sie besetzt.«

Herr Zieschong schaut sich um. »Hier isses aber schön, Frau Bähnert. Ihnen scheint's ja gut zu gehen, daß Se mich in so einen Nobelschuppen einladen tun.«

»Einladen? Bestellt hab ich Sie hierher! Und der Schuppen heißt Toscana. Aber Se ham recht. Was soll der Geiz? Fräulein! Zwei Windbeutel und zwei Bohnenkaffee!«

Herr Zieschong ist verwundert. »Donnerwetter, Frau Bähnert, Se gehn aber ran – mit Ihrer Bestellung!!«

»Nur so kommt mor zu was. Durch de Bestellung! Ich bin nämlich jetzt e Bestellzentner.«

»Ä?«

»Ich hatte bei den Versand da drei Blischhasen bestellt.«

»Drei Hasen. Was wolln Se denn mit drei Hasen?«

»E, die brauchtsch doch ooch gar ni ... weeßsch doch selber, die floochen glei fort. Mir geht's um de fünfundsechzschtausend Mark, die ich vorläufsch schon eventuell gewonnen habe.«

Die Kellnerin bringt Windbeutel und Kaffee und legt einen Kassenbon auf den Tisch.

»Sie ham Zeit, Frau Bähnert. De meisten Menschen können ja gar ni zu Reichtum gelangen, weil se immer arbeiten müssen.«

»Na, Sie sind doch oh de Arbeit los, Herr Zieschong, aber Se begreifen schnell. Se könn das alles in mei Zentner bestelln. Hier sehn Se mal, das sind de Preise: E dickes Auto mit einem Höchstmaß an Sicherheit und oder 65 000 Mark!«

»Die seh ich nich hier droff, die sind bestimmt im Kofferraum. Schaun Se mal, Frau Bähnert, hier is noch e Hauptpreis.« Herr Zieschong zitiert: »Traumpreis: Südsee-Paradies für zwei Personen im Luxushotel im kaspischen – kasprischen ...«

Frau Bähnert reißt ihm den Werbezettel aus der Hand. »Karibischen, Herr Zieschong, karibischen Paradies. Se kennen wohl ooch gar nischt. Und oder 30 000 Mark in bar.«

»Nu, da geh ich lieber mal für dreißschtausend Mark in de Bar. De Traumreise mit Ihnen, Frau Bähnert, stell ich mir lieber vor. Welchen von all den Höchstpreisen ham Se denn nu eechentlich gewonnen?«

Frau Bähnert holt mehrere leere Schächtelchen auf den Tisch. In einem liegt noch ein Ring. Den holt sie heraus und legt ihn Herrn Zieschong auf die Handfläche. Herr Zieschong dreht den Ring nach allen Seiten.

»Der ist doch völlig verbogen, Frau Bähnert!«

»Na, is ja ooh bloß echt versilbert.« Sie blättert im beiligenden Katalog. »Aber hier sind noch andere Blickfänge.«

»Kundenfänge, Frau Bähnert. Und alles Höchsthauptpreise?«

»Alles Höchstpreise! Und wenn Se dann zu Ihrer Bestel-

nditorei CAFE TO
TÉ TOSCANA

lung noch e Zehner in den Umschlag mit neintun, sind Se sich einer Hauptpreis-Höchstlosnummer wahrscheinlich ganz bestimmt eventuell ziemlich sicher.« Sie schaut auf die Armbanduhr. »Nu, löffeln Se, Herr Zieschong, löffeln Se. Mer müssen los, de Post is durch. Vielleicht habsch schon wieder gewonnen! Und Se müssen ooch glei noch Ihr Traumparadies bestellen. Fräulein, zahlen!! Zwei Sturmsäcke – Windbeutel.«

Frau Bähnert schaut auf den Kassenbon, zieht einen nachgemachten Euroscheck über 20 000 DM, eben jenen vorläufig schon fast gewonnenen, aus der Handtasche und legt ihn hin. Herr Zieschong wirft einen Blick auf den Bon. »Aber, Frau Bähnert, Se zahln mit 'nem Scheck? Das kostet doch bloß 12 Mark achtundverzsch?«

»Na und! Mir – Hamster!«

Mei Golfplatz

Über den Golfplatz stolpert Frau Bähnert in voller Ausrüstung, sie zieht das Wägelchen mit den Utensilien. Einen der Golfschläger trägt sie locker geschultert. Herr Zieschong kommt ebenfalls über die Wiese und hat einen sogenannten Rentnermercedes im Schlepp, ein Einkaufsgefährt mit aufgeschnallter Kunstledertasche aus DDR-Zeiten. Er sticht mit seinem Spazierstock soeben in ein heruntergefetztes Wahlplakat der SPD, auf dem mehr Arbeitsplätze in Aussicht gestellt werden. Irgendwie ist es beiden Nachbarn unangenehm, ausgerechnet hier einander zu begegnen.

Frau Bähnert beginnt etwas unsicher. »Ach, Herr Zieschong, schön Sie hier zu sehn. Was machen Se denn hier? Suchen Se auch Entspannung vom Alltagsstreß?«

»Nee, ich suche ma wieder meine Daseinsberechtigung. Mich schickt dor Biedenkopp ...«

»Ach, der is ooch hier. Gegen den würdsch gern mal golfen.«

»Frau Bähnert, ich bin hier nicht zum Spielen ... Mein Golfplatz is mei Arbeitsplatz für den Frieden ... ich routier hier in dor Hilfsaktion 55.«

»Se sind Rotarier? Ach ja, hier entsteht ja der größte kollektive Freizeitpark in Europas Sachsen ...«

»Rotarier aller Länder vereinigt euch ...«

»So, nu dann plazieren Se mir doch mal meine Kugel ...«

Herr Zieschong legt den Golfball mitten auf einen Maulwurfshügel. Frau Bähnert wedelt mit dem Schläger herum. Herr Zieschong guckt skeptisch. Frau Bähnert setzt den Schläger ab. »Ja, Golf hat ooch was mit Offschwung zu tun.«

»Was, in aller Welt, suchen Sie denn hier off dem Platz, Frau Bähnert?«

»Ich erwarte hier Flair und Ambiente ...«

»Die kenn ich nicht. Kommen die ooch noch? Aber wie wolln *Sie* denn hier Mitglied wern? Das ist e Club!«

»Nicht ich will. Die wolln mich ham. Schauen Se, Herr Zieschong, für mich gibt es mehrere Möglichkeiten, aktiv zu werden. Variante eins: Sehn Se hier, zinsloses Darlehen, das zur Nutzung der Golfanlage berechtigt ...«

»Ach, da krieg'n Se noch Geld dafür, wenn Se hier Mitglied wern?«

»So in etwa ... ja ... passen Se off. Ich zahle zwanzigtausend Mark ein, je nachdem, wie mir zumute ist.«

»Moment mal – 20 000 DM – für einen Golfplatz?«

»Angenommen, Herr Zieschong, nur ma angenommen ...«

»Aber jetzt ma angenommen, Ihnen is nicht nach den

UNITED COLORS
OF BÄHNERTEN.

zwanzigtausend zumute – denn wern Se hier nie angenommen.«

»In diesem Fall entscheide ich mich für Variante zwo: Konditionsübersicht für Firmen. Sehn Se, da zahl ich *nur* dreißigtausend Mark ein!«

»Nu klar, da Se ja sowieso ke Geld ham, könn' Se ja ne Scheinfirma gründen ... und wie machen Se das mit der Bank?«

»De Banken ... die spieln doch hier ooch mit!«

»Aber woher nehm' Se denn das Geld für den Jahresmitgliedsnutzungsbeitrag – in jährlicher Höhe?«

»Hauptsache, ich spiel erschtemal.«

Herr Zieschong schüttelt den Kopf. »Aber, Frau Bähnert, da ham Se doch gar nischt gutgemacht?«

»Nee, gutgemacht habsch nischte, aber gewonnen habsch an Status.«

»Und wer finanziert Ihnen das nu?«

Frau Bähnert tippt voller Stolz auf den Aufdruck ihres Poloshirts. »Meine eigene Gesellschaft – die ›United Colors of Bähnerten‹!«

Am Teetisch der Natur

Beladen mit Campingtisch, Klapphocker, Rucksäcken und einem Eimer Kartoffelsalat wandern Frau Bähnert und Herr Zieschong durch das Naturschutzgebiet Moritzburger Seen. Es ist Herrentag.

»Hierher!« ruft Herr Zieschong, denn er hat einen gemütlichen Rastplatz entdeckt. Er zieht eine Montageanleitung aus der Tasche und beginnt, nach Vorschrift den Tisch aufzubauen. Frau Bähnert nähert sich mit einigem Wanderrückstand und läßt ihr Gepäck auf den Waldboden plautzen. Sie streicht mit der Hand über den noch zusammengeklappten Tisch.

»Oh, der sieht aber scheene aus. Das is wohl so een Teetisch?«

»Das is kee Teetisch, sondern e Klapptisch.«

»Das seh ich ooch, daß das e Klapptisch is, aber aus was is'n der?«

»Das is synthetisch!«

»Na, das sag ich doch, daß das so'n Teetisch is, aber aus was?«

»Syn - the - tisch!!«

»Herr Zieschong, ich will wissen, aus was der is, der Tee-Klapptisch?«

Herr Zieschong hört geflissentlich darüber hinweg, schaut in die Anleitung. »Frau Bähnert, das is ooch keen Klapptisch, sondern e Kipptisch.«

»Ach, ägyptisch? Na ja, das sieht mer glei am Matrial ... natur ... eben ägyptisch!«

Herr Zieschong wird ärgerlich. »Ägyptisch! Synthetisch!«

»Genau, Herr Zieschong, so'n ägyptischer Teetisch.«

Frau Bähnert kauert sich nieder und versucht, in Ermangelung von Streichhölzern, wie eine Urgermanin aus zwei Steinen Feuer zu schlagen.

»Also, Frau Bähnert, in dem Naturschutzgebiet Feuer zu machen, das ist ja ...«

»... als ob se über München mit Plutonium rumfliegen. Na, und Sie stehn wieder bloß da und gucken zu. Los, holn Se lieber een paar Brennstäbe!«

»Bitte, was soll ich holen?«

»Na, spaltbares Matrial.«

»Wie?«

»Mensch, Feuerholz und was Leichtbrennbares.«

»Frau Bähnert, wissen Se, was mich de ganze Zeit beschäftigt, wie ich Sie da so sehe. Was wär denn, wenn un-

Beim Dixielandfestival 1995 – Aufnahmen für den Titel »Dampferfahrt auf unsrer Elbe«

ser Geheimdienst den Plutoniumskandalschmuggel für sich behalten hätte?«

»Na, dann wär's e echter Geheimdienst.«

»Hat unser Kanzler das eichentlich gewußt?«

»Nee, wohl nischt Genaues. Und der Scharping?«

»Der wußte ja genau ... nischt!«

»Lügen haben kurze Beene!«

»Und de Wahrheit lange. Aber, Frau Bähnert, lange halt ich's ni mehr aus. Mir hängt der Magen in der Kniekehle. Was gibt's denn heute?«

»Was denken Se denn, warum ich mich mit dem Eemer abbuckle? Kosten Se mal.« Sie hält ihm einen Löffel hin. Herr Zieschong fuhrwerkt in dem Eimer rum und probiert, kaut.

»Oh, ich gloobe, den nimmt mei Körper ni an. Wo ham Se denn den gekooft?«

»Den gab's gratis in der Aktion der Betriebskantine vom Kernforschungszentrum Rossendorf. Da kenn' ich doch de Ursel.«

Herr Zieschong schaut auf das aufgeklebte Etikett. »Und jetzt is de Halbwertzeit abgeloofen. Können Sie mir sagen, warum ich da den Teetisch mitgeschleppt habe?«

»Herr Zieschong, Sie ham mer doch vorhin versucht zu erklärn, daß das gar ni so'n Teetisch wäre, sondern e Klapptisch aus Ägypten.«

»Frau Bähnert, der is ooch ni aus Ägypten, sondern das is e synthetischer Kipptisch.«

»Mit'm Offbauen klappts bei Ihnen aber schlechter als mit 'm Kippen, Herr Zieschong!«

»Der beste Tisch is eben immer noch der Stamm-Tisch!«

Im Sommerloch

Frau Bähnert und Herr Zieschong kauern in Liegestühlen, sie sind in Decken gewickelt. Es ist Frühherbst.

Sobald die Sonne ein Loch in den Wolken aufgestöbert hat und durchbricht, werfen die beiden Schrebergärtner ihre Umhüllung von sich und halten ihre Gesichter dem Licht entgegen. Frau Bähnert hat die Strümpfe hinuntergerollt, ihre Schienenbeine sind schon leicht gerötet. Herr Zieschong nimmt einen Schluck aus der Bierflasche.

»Nu, geht er dahin – der Sommer.«

»Ein Glück, Herr Zieschong, daß mer dies Jahr nicht in Urlaub warn. Sonst hätten wir's doch verpaßt.«

»Was?«

»Das Sommerloch. 's war doch so viel los.«

»Sommerloch?«

»Se kenn' wohl ooch gar nischt. Ich rede vom saisonbedingten dekadischen Informationsdefizit.«

Herr Zieschong stutzt und glotzt. »Das hört sich nicht schlecht an. Klingt ooch ganz gut. Und Se meenen, da sollten mer mal hingehen?«

»Nee, die ham mer doch schon empfangen.«

»Also, bei mir war keener.«

»Ich rede doch von de Nachrichten im letzten Monat.«

Herr Zieschong nickt kräftig. »O ja, da war was los. Die ganze Tragödie mit unserer Sachsenmilch.«

»Ja, das ist schlimm, grade wenn ma so abhängig is.«

»Nu, stelln Se sich mal vor, das wär mit'm Bier passiert! Das wär gor ni auszudenken!«

»Na, solange solche wie Sie am Zuge sind, stehn den ihre Aktien sicher.«

Herr Zieschong lächelt selbstzufrieden. »Apropos Aktien! Wie die wieder gestiegen sind – und dabei ham mer gor nischte gemacht.«

»Das is ja der Witz. Je weenscher arbeiten, desto höher de Aktien. Begreifen Sie das?«

»Nu klar, man sagt ja ooch, das Geld muß arbeiten.«

»Wenn da de ma eens dahinter kommt, wer wirklich was macht, geht's uns dreggsch.«

»Und was das kostet!«

Frau Bähnert legt Herrn Zieschong beruhigend die Hand auf den Arm. »Lassen Se erschtemal unsern Kanzler aus'm Urlaub kommen. Da räumt der nämlich off mit die.«

»Mit dem Opel-Lobes?«

»Der fährt doch VW, Herr Zieschong, und der is doch längst abgefahren. Mit dem Wirtschaftsstandort, meene ich, mit dem Wirtschaftsstandort Deutschland.«

»Da räumt der off? Wann?«

»Nach dem Urlaub stellt er die große Frage!«

»Welche?«

»Nach dem Standort Deutschland ebend.«

»Viel zu hoch.«

»Was?«

»Unser Standard.«

Frau Bähnert nickt. »Na, das stimmt ooch wieder. Der Standard is ooch zu hoch.«

»'s wird Zeit, daß wieder mehr gearbeitet wird ...«

»Wieso denn? Mer ham doch schon Millionen von Überstunden geleistet, und der Offschwung im Osten is ja schon da, sagt der Vorsitzende vom Offschwung – dieser – der Rexrodt.«

Herr Zieschong hüllt sich fester in die Decke. »Na, der muß es ja wissen, der beschäftigt sich ja den ganzen Tach damit.«

Frau Bähnert rollt die Strümpfe zum Knie herauf. »Herr Zieschong, aber was wird mit den vier Millionen Arbeitslosen, die mer beim Offschwung erwarten?«

»Für die wird's dann schon den rechten Weg geben!«

»Na, hoffentlich gibt's keen rechten. Mir bräuchten ja bloß noch mehr entlassen, da gibt's oh wieder mehr freie Stellen. Ich bin erschtemal froh, daß de Talsohle durchschritten ist.«

Herr Zieschong schlägt sich vor die Stirn und springt auf, daß der Liegestuhl zusammenklappt. »Ich muß ja los, Frau Bähnert!«

»Ja, was denn? Wohin denn?«

»Zu mei'm Schuster, der soll mir de Latschen ummodeln. Ich brauch de Absätze jetzt nach vorne.«

»Se sind wohl närrsch geword'n?«

»Nee, nee, ich muß doch ooch endlich mal merken, daß es bergoff geht!«

Unter Palmen träumen

Frau Bähnert schaukelt in einer Hängematte zwischen zwei Palmen und schläft. Herr Zieschong fächelt ihr mit einem Palmenwedel Luft zu. Allmählich erlahmt seine Kraft. Frau Bähnert erwacht und blickt ihn böse an. Beflissen wedelt Herr Zieschong weiter.

Dezent spielt Reggae-Musik.

Herr Zieschong beugt sich devot zu Frau Bähnert.

»Tequila?«

»Batita di Coco!«

Herr Zieschong reicht eine halbierte Kokosnuß, garniert mit Strohhalm und rotem Papierregenschirmchen, hinüber.

»Prego!«

»Grazie!«

»Keine Ursache, Frau Bähnert.«

»Mer hams schon richtsch gemacht, daß mer hierher gefahrn sind.«

»Aber die Demse. E bissel kühler könnts ruhig sein.« Herr Zieschong setzt ein mexikanisches Bier an die Lippen.

Frau Bähnert rappelt sich in der Hängematte hoch. »Wissen Se, Se sind eener von denen, denen mer's nie recht machen kann. Erscht fort wolln, weils den ganzen Sommer durch geplumpt hat, und dann ooch wieder rummosern nur wechen de Tropen!«

»Norwechen wär nich schlecht!«

»Mer sind in de Tropen nor wechen Ihnen! Komm' Se, Zieschong, wedeln Se weiter!«

Herr Zieschong legt den Wedel energisch beiseite. »So, jetzt bin ich ooch mal dran.«

Frau Bähnert guckt erstaunt. »Womit?«

»Na, daß ich ooch mal in den Genuß komme ... Ich will ooch mal off de Matte.«

»Herr Zieschong, Sie müssen erschtemal arbeiten lernen. Wie lange warn Se jetzt derheeme?«

»Sechs Jahre. Langsam wird's enge!«

Frau Bähnert streckt sich wieder in die Matte. »Ebend – und da sein Se froh, daß Se wenigstens die Palme als Stütze ham! So, und nu machen Se weiter.«

»Frau Bähnert, alle Wedel stehen still, wenn der Zieschong es nur will.«

Frau Bähnert lächelt gelassen. »Ich bitte Sie, Herr Zieschong, damit locken Se mich doch nicht hinter der Palme vor. Ich wünsche keinen Generalstreik.«

»Frau Bähnert, Se reden ja schon wie der Kanzler!«

»Ja, und der Kanzler hat es sich doch so gewünscht.«

»... und der wünscht sich doch so selten mal was.«

»Ja, der lebt es uns vor! Er arbeitet ooch nach der Rente weiter ... und nicht nur für sich, sondern auch für andere!«

»Für Europa zum Beispiel.«

»Genau, und er ist der Jugend ein Vorbild. Weil er zum Beispiel nie krank ist.«

»Aber komischerweise ham de Abgeordneten im Bundestag den höchsten Krankenstand der Republik. Frau Bähnert, so wie die heute leben, müssen mer morgen arbeeten!«

»Wo ham Se 'n das wieder her? Ausm Neuen Deutschland?«

»Ja, meine Gute, Wissen ist Macht! Sagt Marx.«

Frau Bähnert winkt ab. »Quatsch! Wissen ist Geld! Sagt de TELEKOM, und die hat e bissel mehr Ahnung, wie mer's macht mit der Macht.«

»Äh, die suchen doch nur e paar Dumme, die ihr marodes Staatsunternehmen offkoofen.«

»Nee, Herr Zieschong. Merken Se nischt?« Frau Bähnert flüstert. »Hier wird Volkseigentum geschaffen.«

Herr Zieschong ist verblüfft. »Nu, wie in dor DDR? Da gehörte uns zum Schluß ooch alles.«

»Se sind e Schwarzmaler! Mach mit, machs nach, machs besser! Und nu stehn Se nich rum wie's Arbeiterdenkmal. Wedeln Se! Dynamisch muß mer sein. Ich hab mich schon beim Aids-Fonds eingeschrieben – für de T-Aktie.«

»Ich trink keen Tee, nur Bier, von der Aktienbrauerei.«

»Se könn' bald trinken, was Se wolln. Mit dem lila Tee verdien' mer bald soviel Geld, daß mer uns sogar 'n richtschen Urlaub leisten können. Und nu helfen Se mir aus der Matte. Die schließen hier de Tropen um sieben.«

Frau Bähnert und Herr Zieschong rollen die Hängematte ein, klappen den Sonnenschirm zusammen, greifen den Picknickkorb und verlassen den »Botanischen Garten Dresden«.

Farbenlehre

In der malerischen Heide bei Bannewitz sitzt Herr Zieschong vor einer Staffelei und macht sich bereit, in Öl zu pinseln. Frau Bähnert ist auf einen Anstand geklettert und beobachtet die Natur aus höherer Sicht mit dem Fernglas.

»Huuh-huuh! Herr Zieschong! Nu sagen Se ma, Se malen wohl de blühenden Landschaften?«

»Frau Bähnert, 's is Ende August. Blühende Landschaften? Ich seh hier nur stillgelegte Flächen.«

»Zeigen Se ma.«

Herr Zieschong dreht die Staffelei um. Blütenweiße Leinwand.

»Bissel nacksch off Ihrem Blättel, Herr Zieschong. Sagen Se ma, stellen Se sich das jetzt vor, oder is das mehr der Titel ›Stillgelegte Flächen‹?«

»Das is das, was ich im Moment vor mir sehe. De Objektensubjektivetät.«

»Ach, da sind Se wohl so e, wie sacht mer, abschtrakter Depressionist?«

»Nee, mehr e sächsischer Realist. Ich beschäftiche mich vor allem mit der Farbenlehre.«

»Ach, mit der Leere, ja, das verstehe ich.« Frau Bähnert klettert die Sprossen vom Anstand herunter. »Jetzt is mir alles klar. Na ja, freilich, mer siehts ja ooch förmlich – de Leere. Hättch ooch von selber droff kommen können. Nu, man beschäftigt sich eben viel zu wenig mit de Farben.«

Herr Zieschong setzt mit kühnem Schwung einige Farbpunkte auf die Leinwand und vermengt sie. Rot und Grün, Schwarz und Grün, Rot und Schwarz. Frau Bähnert schaut ergriffen zu.

»'s füllt sich langsam. Ne scheene Studie, irgendwie orginell. Und wie geht's nu weiter mit de stillgelechten Flächen und der Leere?«

»Das versuche ich mir ja grade auszumalen.«

»Wolln Se mich verklapsen? Momentan mischen Se doch bloß rum.«

»Genau, Frau Bähnert, gut beobachtet. Ich muß ja ooch mischen, denn jede Farbe für sich alleene is zu stark. Gucken Se ma, schwarz alleene, das wär doch zu düster für meine Landschaftsmalerei.«

»Na, und grün? Was is mit Grün? Ich zum Beispiel täte Grün nehmen.«

»Ich ooch, aber das is Utopie, bekäme zwar den stillgelechten Flächen gut, aber grün alleene paßt ooch ni in de Landschaft.«

»Nu, und Rot alleene paßt glei gar ni!«

»Nu, sag ich doch, deshalb misch ich!«

»Da bin ich aber gespannt, was daderbei rauskommt.«

Herr Zieschong mischt die Farben jetzt wie wild. »Jetzt zeichnet sich was ab, Frau Bähnert!«

»Ja, aber nischt Rosiges! Rot und grün = braun, schwarz und grün = braun, rot und schwarz = braun. Gucken Se ma – das wird ja immer wieder – braun.«

»Ich sag's ja, Frau Bähnert, in der Leere braunt sich was zusammen!«

Per Annonce

Am Mosaikbrunnen im Großen Garten von Dresden sitzen Frau Bähnert und Herr Zieschong auf einer Bank. Es sind die Hundstage. Frau Bähnert hat die Füße auf einer mitgebrachten Hitsche gelagert. Herr Zieschong hat ein Eis geleckt, wirft soeben das zerknüllte Verpackungspapier in Richtung Papierkorb. Daneben! Er greift zur Zeitung und beginnt zu blättern. Frau Bähnert betrachtet versonnen den Brunnen.

»Is der ni herrlich, Herr Zieschong?«

Herr Zieschong nickt. »Scheene.«

»Das Dekor ... wissen Se eechentlich, was das für e Baustil is?«

»Sieht balde aus wie so eene Art Deco.«

»Das is Jugendstil.«

Frau Bähnert hat nun auch ihr Exemplar der Zeitung aufgeschlagen. »Apropos Stil, hören Se sich das mal an: ›Junggebliebener Dynamiker (64), gepflegter, starker Raucher, sucht nach langer schwerer Krankheit gleichgesinnte, schöne junge Frau. Anal - phabetin bevorzugt.‹ Is das ni furchtbar, wie sich manche beschreiben tun und wie direkt die ihre Wünsche kundtun?«

»Anal - phabetin, Frau Bähnert, das wär früher ni in die Zeitung gekommen! Das ni! Aber da wissen Se bei dem da wenigstens glei, woran man is. Hören Se nur die hier: ›Bin häuslich, still, gediegen und anspruchslos, aber auch klug, wenn es sein muß ...‹«

»Ja, wenn es sein muß ...«

»›... passe ich mich an. Ich mag Menschen, Leute und vieles Schöne mehr.‹«

»Nu, is das ni hübsch? Und's Alter?«

»Steht ni derbei, Frau Bähnert?«

»Schade, das möchte mer schon wissen.«

»Was nützt mir denn das Alter? Die ist doch derart allgemein.«

»Die? Das steht doch unter ›Er sucht‹. Hier, gucken Se doch mal richtsch hin.« Frau Bähnert tippt auf Herrn Zieschongs Zeitungsseite.

»Ei Gott, nu eben.«

»Sehn Se, jetzt hätten mer beinahe de Katze im Sack gekooft. Oh, jetzt hab ich was für Sie. Die is mehr als konkret, horchen Se: ›Hier spricht Jasmin, die Rose aus Pieschen, 1,68 groß, sehr schlank und korpulent, aber nur, wo du es gern magst. Mein florales Ambiente schreit nach Zweisamkeit. Ich blühe auf, sobald du mich berührst.‹«

»Eene Gärtnerin?«

»Ach, Gärtnerin, die kommt aus Pieschen, sind Se stille, Jetzt geht's um Sie: ›Mein Partner sollte zärtlich, freundlich sein und mit gepflegtem Äußeren glänzen. Doch noch wichtiger sind mir Sauberkeit und Diskretion in unserer schnellebigen Zeit.‹«

»Danke, 's reicht, Frau Bähnert. Bin ja nu ni mit'm Klammersack gepudert. Meine Herren, und so was steht unter ›Sonstiges‹. Oh, hier is noch was Niedliches, nee, Frau Bähnert, das is richtsch putzig, daß es so was noch gibt. ›Alleinstehende Rentnerin steht hilflos im Sommerloch stop suche netten jungen Mann, der rüstig zupacken kann stop bekomme am 28. Juli meine Einkellerungskartoffeln, Keim stop vorhanden.« Ach, und die Adresse, nanu ...«

Frau Bähnert reißt ihm erschrocken die Zeitung aus der Hand. »Daß es heut schon drinne is.«

»Frau Bähnert, das muß ich nu aus der Zeitung erfahren.«

»Ach, sind Se stille. Wie hätte ich's Ihnen denn sagen sollen? Se ham doch ooch nie Zeit.«

»Wieviel?«

»Na, ni nach Tarif, Herr Zieschong.«

»Wieviel Zentner?«

»Vierzsch.«

»Gemacht, Frau Bähnert.«

Ilse Bähnert kullert eine Träne über die faltige Wange. »Danke, mei Guter. Sehn Se, vielleicht sollten Sie's doch mal mit 'ner Anzeige versuchen.«

Im Affenhaus

Frau Bähnert und Herr Zieschong haben sich tropfend ins Affenhaus des Dresdener Zoos geflüchtet. Frau Bähnert trägt die praktische Nato-Plane der frühen Sechziger. Herr Zieschong klappt den nassen Schirm im Eingang mehrmals auf und zu. Frau Bähnert kämmt sich die gekräuselte Dauerwelle. »Meine Herrn, hier is es wenigstens warm.«

»Und trocken. Herrlich.« Herr Zieschong schnüffelt. »Aber stinken tuts.« Er wendet sich wieder dem Ausgang zu. Frau Bähnert zerrt ihn zurück.

»Nu, das is ja auch das Affenhaus. Da riechts nu mal nicht nach Veilchen.«

»'s is trotzdem eine Zumutung. So geht's nicht.«

»Herr Zieschong, lieber im Affenhaus erstunken, als haußen bei der Novemberkälte erfroren!« Sie setzt sich auf eine Bank und holt ihre Schnitten heraus. »Na, e Bemmchen? Komm' Se, nehm' Se 's Renftl.« Herr Zieschong schüttelt sich.

»Nee, ich bin schon vom Gestank satt. Der November is aber auch ein furchtbarer Monat.«

»Manchmal möchte man gar ni mehr sein.«

»Um Gottes willen, Frau Bähnert, se werden doch noch gebraucht.«

»Mich braucht doch keener. Wozu denn?«

»Sagen Se nich so was. – Wer sagt denn eigentlich, daß der Bundespräsident immer ein Politiker sein muß.«

»Hab ich doch gar ni gesagt.«

»Es könnte doch ooch emal eene Frau sein.«

»Sag ich doch.«

»Eine aus'm Osten und eine, die se alle lieben.«

»Gibts doch gar ni ...«

»Ja ... Ich seh es schon vor mir: Ilse Bähnert for Präsident!«

Frau Bähnert kichert. »Tin, tin – Gongschlag – Was bin ich? Lassen Se mich ja mit der Politik zufrieden. Ich brauche meine Ruhe. Ich will mit denen dort im Bundestag nischt zu tun haben. Die meisten sind zwanzig Jahre und länger dabei. Die sind doch schlimmer als de Volkskammer.«

Die Affen brüllen.

»Ja, een eenzsches Affentheater!«

»Herr Zieschong, ich hab's. Mer schlagen unsern Benno vor.«

»Mich laust der Affe! Diesen Affen hier?«

»Nu, klar. Ma gucken, ob der alle Kriterijen erfüllt. Er is aus'm Osten.«

»Ost-Afrika.«

»'s is ja noch besser. Aus der dritten Welt. So was hat Gewicht.«

»Er ist überparteilich, also in keener Partei.«

»Er hat ein dickes Fell.«

»Und was er einmal anpackt, läßt er nich mehr los ...«

»Da möchte dann der Kanzler dem nicht in de Quere kommen!«

»Und es ist ein Mann!«

»Genau. Gott sei Dank. Sonst hätt ich mich für die Präsidentschaft noch zum Affen machen müssen.«

Der Affe Benno trommelt sich mit Tarzangeheul auf die Brust.

Am Fenster

Auf zwei Sofakissen aufgestützt, schauen Frau Bähnert und Herr Zieschong aus dem Fenster ihrer Mietskaserne hinunter auf die Straße in Dresden-Blasewitz. Frau Bähnert hat einen feuchten Abwaschlappen in der Hand und wischt zwischendurch immer mal auf dem Fensterbrett herum. Herr Zieschong raucht und seufzt.

»Man hat's schon ni einfach ...«

Frau Bähnert wischt. »... vor allem, wenn mor's schwer hat. Gucken Se sich das mal an.« Sie zeigt nach unten. »Wie das hier aussieht.«

»Drecksch, mistsch – wie bei 'n ... Wandalen. Hatten Sie ni gestern Hausordnung?«

»Freilich. De große sogar, mit'n Außenrevier. Ich hab sogar 's Schnittgerinne mitgemacht. Das wird nämlich gerne vergessen. Und nu?«

»Sieht's aus wie bei'n Asyl- ...Zigeunern!«

»Sie denken also ooch, daß es de Ausländer warn?«

Herr Zieschong bläst den Rauch aus. »Das hab ich ni gesagt.«

»Aber gedacht.«

»Ham Se gesehn, daß es Ausländer warn?«

»Gesehn, gesehn. Ich muß das ne sehn. Mir langt schon, was man so hört, über die. Da könnts een' vergehn. Bei der Friedl in Hetzdorf, da war ich doch am Wochenende zum Kränzchen, und wissen Se, was da de Zigeuner veranstaltet ham ... solln? Der Friedel ihre Katze ham se weggefangen und am hellerlichten Tag gegrillt!«

»Grillen tu ich ooch ab und zu – aber ehm abends.«

»Aber keene Katzen. Schwein, Mensch ... Schwein!«

»Na ja, so gesehn, ham Se recht. Das sind Schweine, die so was machen. Ich hab gelesen, in Guben ham se in der SPAR-Kaufhalle in de Regale gesecht.«

»Oh, is das ungezogen, in der SPAR-Kaufhalle – nee, pfui Deibel. Und da fragen Sie noch, wer's war? Herr Zieschong, können Sie mir eene plausible Antwort geben, also so, daß ich's ooch verstehe, warum das mit die Ansländerunruhen ausgerechnet da oben losging?«

Herr Zieschong drückt die Zigarette auf Frau Bähnerts

Fensterbrett aus und wirft die Kippe auf die Straße. »Na ja, Deutschland, Rostock – oben. Der Fisch fängt ooch am Koppe an zu stinken. Mensch, sind das unruhige Zeiten. Und dafür ham mer nu neunundachtzsch hinter dor Gardine gestanden!«

Frau Bähnert sinniert. »Neunundachtzsch – so alt muß mer erschtmal werden.«

»1989, Frau Bähnert, da warn mer ja ooch noch Ausländer.«

»Nu, genau. Mer mußten ooch warten. Verzsch Jahre! Und jetzt dürfen mer ooch dableiben. Die andern solln ruhig ooch e bissel warten. Die kommen schon ooch noch dran.«

»Na, aber denken Sie, daß Deutschland soviel Platz hat? Mer sind doch viel zu klein!«

»Da müssen mer eben wieder größer werden. Allerdings, man darf sich den Problemen der Welt auch nicht verschließen.«

Aus der Küche pfeift es. »Herr Zieschong, unser Kaffeewasser kocht.« Beide nehmen wie auf ein Kommando ihre Sofakissen auf. Frau Bähnert schließt das Fenster. Herr Zieschong läßt sich auf das Sofa fallen, schiebt sich das Kissen in den Rücken. Frau Bähnert postiert ihr Kissen aufrecht in die Sofaecke und versetzt ihm exakt in der Mitte einen Handkantenschlag. Dann entschwindet sie in die Küche, um mit der gefüllten Kaffeekanne wiederzukehren. Auf dem Tisch steht klitschiger Reibekuchen. Herr Zieschong nimmt einen Schluck Kaffee, setzt die Tasse ab. »Weil mer grade bei dem Thema sind. Ich war jetzt mal am Altmarkt an der Litfaßsäule ...«

»Dadazu fahrn Se extra bis zum Altmarkt?«

»Ich war ja noch gar ni fertsch mit meim Satzbau.«

»Ach, Herr Zieschong, Sie bauen Sätze?«

»Also, an der Säule stand: Es spielt heute für Sie – die Gruppe ›Lu Moi‹ aus Lübschen. Nu, wissen Sie, wo Lübschen liegt?«

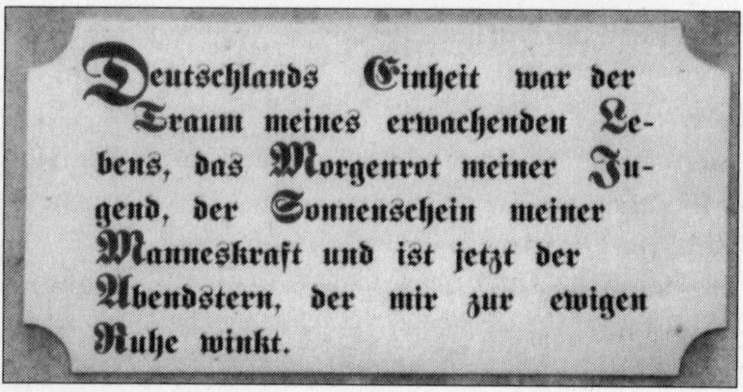

»Nu klar – Lubschen – de Lubschützer Teiche.«

Herr Zieschong schüttelt den Kopf. »Mittelzentralafrika gebsch mal noch mit – als Gedächtnisverstützung.«

»Afrika? ... Das is ja noch weiter.« Frau Bähnert schlägt sich vor die Stirn. »Ach, Se meenen Lybien.«

»Nu, habsch doch gesagt. Aber begreifen Sie denn nicht, um was es mir geht?«

»Begreif ich nicht.«

»So was holt sich unsre Jugend extra ins Land, extra noch zu die, die eh schon da sind. Von denen dort her – hier.«

»Oh, das war aber mal e guter Satzbau!«

»Ach, nu is doch wahr, mer ernährn de halbe Welt, und wer kümmert sich um mich?«

»Ach, nu hörn Se off mit Ihrem Rumgebarme, alter Schwadronör.«

»Is doch wahr, nach der nächsten Mieterhöhung kann ich mir mei Menü ooch an der nächsten Tonne zusammenstellen.«

»Schluß! Jetzt habsch aber de Graupen dicke!«

»Na ja, 's kann aber ooch ni jeder mit der großen Witwenrente rumpransen.«

»Oh, was war das? Ich pranse mit der großen Witwenrente? Nur eins zur Klarstellung: Ich hab mir de große Witwenrente ehrlich verdient! Ich hab meinen Herbert gepflecht und gepflecht bis ans Grab!«

»Ins Grab, Frau Bähnert, ins Grab. Dor Herbert könnte heut noch leben, wenn sie ihn nicht mundtot gemacht hätten. Das hat er mir selber gesagt.«

»Dor Herbert hatte gar nischt zu sagen.«

»Entschuldigen Sie, aber is doch wahr, was bleibt mir denn in meinem Alter noch für 'ne Native.«

»Nu ja, ich hätte schon 'ne Native. Wenn's wirklich hart off harte käme, und Sie Ihre Hornzie pardu nicht mehr halten können, nu, dann ziehn Se zu mir ...«

»Frau Bähnert, Sie gewähren mir Asyl?«

»Nu, und Sie zahln mir als Solidaritätsausgleichsbuschzulage ... summa de Hälfte von Ihrem Arbeitslosengeld.«

»Ja, aber ... das is ...«

»Das is de neue Zeit, Herr Zieschong, teile und herrsche!«

Bei aller Liebe

Ein innerer Monolog

Herr Zieschong steht vor dem Spiegel im Bad und rasiert sich naß. In der Küche dudelt das Morgenprogramm des Senders EmTeeR-light. »Herzilein.«

Herr Zieschong hält im Schaumabkratzen inne und horcht. Dann spricht er in den Spiegel.

»Een Glück, daß es in der Volksmusik noch keene Schwulen gibt. Gott sei Dank. Herr, wenn das rauskäme. Das muß man sich bloß mal vorstelln. De Wildecker Herzbuben – schwul, nee, unmöglich. Rein anatomisch, das wäre ja schon wider die Natur. Oder Rita und Hannelore – lesbisch? Noch schlimmer! Obwohl, warum ne? Wär mal was andres – für die Einschaltquoten. Für die 1. Reihe gar ni so schlecht, und nu, de Minderheit hätte ooch glei ihrn Kanal – zum Abreagieren. Nee, ich hab nischt gegen Schwule, die solln machen, was'n Spaß macht, meine Gesundheit isses ja ne, solange se uns Normale in Ruhe lassen. Immerzu ... das sind ooch Menschen – irgendwo ...

Aber bei aller Liebe – irchendwie hab ich den Eindruck, es wern in letzter Zeit immer mehr. Ja, die schießen doch wie Ratten aus'm Boden. Kein Tag vergeht, wo se sich ne irchendwo zusammenrotten, um zu demonstrieren. Möchte wissen, gegen wen?

Die sind doch in der Minderheit ...

Ich hab se ja mal beobachtet, nicht, um mich zu phallustieren, nee, ma möchte sich ja ooch e richtsches Bild machen. Ich hab se live gesehn – im Fernseher – also ne – bei aller Liebe ...

Barbusig und am Ende halbnacksch jagen die in ihren Glitzerklamotten über'n Kudamm. Nu ja, wer sich's leisten kann – Ich hab kee Sacco von Vancetti! Am meisten aber fällt doch off: Die wern immer jünger! Ich versteh das ne, nee, also bei aller Liebe, daß da der Staat nischt unternimmt – e bissel Diktatur bekäme den' ganz gut ... Nu, das wär's ja überhaupt: Für die Diktatur und für uns Demokratie – ganz schnell ginge das wieder andersrum!

Warum könn' solche ne vernünftig sein?

Ich meene, ich halte mich doch ooch an de Norm. Wobei – na ja, viele merken ja gar ne, daß se krank sind ... das is schlimm – schlimm und schade. Dabei – es gibt jetzt überall Eintziehungskuren – gratis! – umsonst ... Also, ich würde das verordnen. Das is doch wider de Natur!

Eeene richtsche Entziehungskur wirkt Wunder – das weiß ich aus eigner Erfahrung. Und bei erfolgreichem Abschluß – gäb's ooch wieder mehr Rente ... Ganz bestimmt, weil da ja ooch wieder mehr Kinder zur Welt kämen.

Der Deutsche in uns stirbt doch aus, das Deutsche – der und das, weil se alle een off schwul machen, bei aller Liebe! Die denken am Ende noch, se seien was Besonderes. Und – mein Gott, ham die das nötsch? Es gibt doch so schöne andre Hobbies.

Aber am meisten macht mich ja betroffen: Es sind ja ooch kluge Leute dabei! Aber, und das gibt mir nu wieder e bissel Hoffnung. Es gibt auch positive Beispiele.

Mei Nachbar, der war sechzig Jahre lang schwul, ohne daß es eener gemerkt hat. Verheiratet, zwei Kinder, verhielt sich ganz normal – unauffällig –, bis eben off die Tatsache, daß er mit seiner Freizeit nischt besseres anzufangen wußte, aber – und das rechne ich dem Mann hoch an – er hat niemanden damit belästigt. Er hat's unterdrückt und ist schwul gestorben, letzte Woche. De Familie weeß bis heute nischte. Aber da sieht man, es geht doch: Ooch andersrum – man muß nämlich nur wolln. Au!«

Und da hat sich Herr Zieschong auch schon ganz schön geschnitten – mit der Klinge für das Beste im Mann!

Jodeln im Schnee

Herr Zieschong hat sich wie ein Wolgatreidler die Leine über die Schulter gelegt und zieht und stöhnt nicht und zieht. An das Seil ist ein Schlitten angebunden, auf dem Frau Bähnert sitzt. Der Große Garten liegt in tiefem Schnee. Frau Bähnert atmet die frische Winterluft kräftig ein.

»Is das ni herrlich, Herr Zieschong. E, mor muß ooch mal ausspannen – aach, die gute Luft. Legen Se mal ’n Zahn zu!«

Herr Zieschong trabt. »Mir werns schon noch zum Kaffeetrinken schaffen.«

»Na hoffentlich, heute solls doch die herrliche Torte gähm.«

»Was denn für ’ne Torte?«

»Na, Spreewälder Kirsch!«

»Schwarzwälder Kirsch.«

»Sag ich doch. Und dann gucken mer noch e bissel in die Ferne.«

»Ä, da kommt doch nischt gescheits. Egal das selbe Zeug ... Sarajevo ... der Steuerskandal von den Waigel ... das geht noch nu schon zwee Wochen ... Fußball ... alles live ...«

»Aber de Menschheit will hautnah dabei sein. Revalliti TV!«

»Eben, und das is doch das Schlimme. Was gehen mich denn all die grauenhaften Bilder an? Ich war nicht dabei – also geht’s mich ooch nischt an!«

»Herr Zieschong, Se sind dabei, und es hat Se was anzugehen! Merken Se denn nich, wie sich de Geschichte wiederholt?«

»Ä, Geschichte, Geschichte ... ich will Unterhaltung! E schöner Musikantenstadl ...«

»In Sarajevo?«

Herr Zieschong bleibt stehen und wischt sich mit der behandschuhten Hand den Schweiß von der Stirn. »Nu klar, das wär's doch. Wenn die alle miteinander singen täten. Moslems, Serben und Kroaden – mit unsern deutschen Gotthilf Fischer. Das wär doch e Mordsgaudi! Und da kämen die ooch gar ni richtsch zum Schießen!«

»Herr Zieschong, wenn's nur so einfach wäre. Sie sind das beste Beispiel dafür, daß des Fernsehen nischt bewirkt, aber ooch gar nischt. Und ich sage Ihnen noch was: Durch Leute wie Sie werden Kriege wieder möglich!«

»Möglich. Frau Bähnert, daß es fünf vor zwölfe is, weeß doch jeder. Aber de letzten vier Minuten, die wird man sich's doch, bitte schön, noch e bissel gemütlich machen können!«

Er zieht den Schlitten mit einem Ruck an, daß Frau Bähnert hintenrüber in den Schnee fällt. »Wieviel Stücken Schwarzwälder Kirsch gibt's denn?«

Frau Bähnert rappelt sich hoch, stapft im Eiltempo hinter Herrn Zieschong her, packt ihn beim Ärmel.

»Sie!! Se können mich doch ni einfach so fallen lassen, bloß weil Ihnen meine Meinung ni paßt. Das muß man doch ausgewogen betrachten.«

Herr Zieschong blickt Frau Bähnert prüfend an. »Achtzig Kilo?«

Frau Bähnert kichert. »Ach, Herr Zieschong, Sie immer mit Ihrem oll'n Humor! Sehn mal dorte!« Sie zeigt hinüber zu einem Abhang. »Das is de Todesbahn, wenn Ihnen das Fernsehen schon keen Mordspaß beschert! Jetzt fahrsch mit Ihnen Schlitten!« Sie packt Zieschong am Kragen, zerrt ihn auf den Schlitten. »Festhalten!« Sie rasen in wilder Schußfahrt hinunter – in den Schwanenteich.

Der eenundachtzschte

Frau Bähnert sitzt auf einem Campingklappstuhl mit einem »Autozähler« in der Hand am aufgerissenen Schillerplatz. Aus der Richtung Café Toscana am Vitamin-Basar vorbei kommt Herr Zieschong als eine Art Rotkäppchen mit einem Korb voller Kuchen, Wein und mit einem Blumenstrauß in der Hand.

»Frau Bähnert, meine Gute, ich suche Sie de ganze Zeit. Soweit isses gekommen, daß Sie off Ihre alten Tage de ganzen neuen Autos zählen müssen.«

»E nee, der Verkehr intressiert mich ni. Ich zähle, 's wievielte Mal nach der Wende se de Straße offruppen. Gucken Se sich an, wie's aussieht: Wasser, Abwasser, Telefon, Gas, Strom, Ampelschaltung ...«

»Nu sind Se mal e bissel gerecht. Mir wollen froh sein, daß bei uns nach verzsch Jahren überhaupt was gemacht wird.«

Frau Bähnert setzt sich auf ihrem Klappstuhl aufrecht. »Wennse damit fertsch sinn, könn' mer wieder die Mauer hochziehn.«

»Frau Bähnert, nu hören Se mal off mit die Echoffitation, denken Se lieber an das heutige Ereignis.«

»Ach ja, genau. Herzlichen Glückwunsch, mei Guter, zum Tag der Einheit.«

»Nee, Frau Bähnert, Sie ham doch heute Geburtstag!«

»Äh, ich hab Geburtstag? Na, und wie alt werde ich?«

»Nu, eenundachtzsch.«

»Eenundachtzsch, doch schon. Und Sie ham wohl ooch Geburtstag?« Sie zeigt auf den Korb.

»Das is für Sie!«

»Nee, danke, ich brauche nischt, und ich feiere doch ni.«

»Aber Ihr Geburtstag war doch immer so ’ne schöne runde Sache.«

»Ja, für Sie vielleicht und für de anderen. Sie konnten ja am Ende gar ni mehr mit abwaschen. Nee, ich habe de Graupen dicke, ich habe lange genug gefetet, jedes Jahr ... für andere. Ich weeß doch genau, wie’s wieder abläuft: Erscht mußsch de Friedel vom Bahnhof mit der Taxe abholen, weil se ni mehr krauchen kann – vierzsch Mark WEST! Dann kommt de Inge aus Heuchelheim mit der Trudel aus Hetzdorf, fallen über mich und meine gute Buttereiche her – 36,49 Mark. Hernacherts wird sich wieder schamlos am ›Söhnlein‹ vergangen – 12,30 Mark de Palette ...«

»Und wenn de dich dann mit denen unterhalten willst, ham se bereits vergessen, wo se herkommen. Altersheimer!«

»Genau, mei Guter, und sind mer doch mal ehrlich: Ihnen isses doch ooch ni recht, wenn die Alten egal bei mir rumgluggen.«

»Ja, das verstehe ich. So e Geburtstag, der rechnet sich ja gar ni für Sie, und Ihre Diäten ham se ja ooch ni erhöht.«

»Herr Zieschong, is das ni e Schkandal, e wirklicher Schkandal? Der Diätenschkandal. Warum sollen denn de Politiker ni nehmen, was ihnen zusteht? Dafür ham mer se doch gewählt.«

»Sie ham recht, Frau Bähnert. Jedes Volk kricht das, was es verdient. Na ja, mer werden noch unser blaues Wunder mit denen erleben.«

»Hamses also endlich begriffen.« Frau Bähnert zeigt hinüber zum Blauen Wunder, das sich breit über die Elbe spannt. »De Nieten halten de Brücke zusammen!«

In-Sekten

Soeben hat Herr Zieschong einen kräftigen Schluck Bohnenkaffee genommen und wohlig gegrunzt. Da klopft es dreimal an seine Wohnungstür. Herr Zieschong schrickt zusammen und wird bleich. Es klingelt Orkan. Es klopft. »Wolln Se denn ni offmachen?« fragt Frau Bähnert und setzt ihre Tasse ab.

»Um Gottes willen, sind Se stille, das sind se!«

»Wer?«

Herr Zieschong schleicht zur Tür, linst durch den Spion, dann kommt er auf Zehenspitzen zurück ins Wohnzimmer.

Es klingelt wieder.

»Wer is denn das?« flüstert Frau Bähnert.

»Die sind's – der Wachturm. Die ham das vorausgesehn, daß ich mal 'ne Pause brauche. Hat mor denn nie Ruhe vor den In-Sekten?!«

Frau Bähnert guckt verständnislos. Herr Zieschong spricht mit belegter Stimme.

»Erscht vorige Woche ham se mich angesprochen, vor der Trinkhalle. Ham gesagt, se sein de Holly day – von wegen Holly day! 's war Mittwoch, wohl gemerkt. Nu, die wollten mich bekehren. Von wegen kehren, mir macht keener was vor in punkto Hausordnung. Außer Ihnen vielleicht, Frau Bähnert, aber 's Schnittgerinne machen Se ooch nur zum Frauentag sauber. Sonst vergessen Se's gerne.«

Frau Bähnert guckt noch verständnisloser.

»Aber's allerschärfste habsch Ihnen ja noch gar ni erzählt, gut, daß es mir in dem Zusammenhang wieder einfällt – vom Arbeitsamt? Wissen Se, Frau Bähnert, wer da off mich zukam? Die Zeugen Jagodas! ... Ja, die ham mir probezeit, 's gäbe bald wieder Arbeit ... in Bälde, ich weeß gar ni, wo das liecht. Aber de Arbeit gäb's eben erscht nach'm Weltuntergang. Nuja, leuchtet ja ooch ein – zumindest für de Bauberufe. Nur was kaputt is, kann oh wieder offgebaut wern. Nee, wenn das so weitergeht, irchendwann is de Kirche denn ooch bloß noch 'ne Sekte. Obwohl, wundern tätsch mich ni. Was hat der Bischof von Fulda gesagt, der Dyba? ›Vergessen wir nicht, im Osten wohnen Sklaven und Heiden.‹ Nee, halt, jetzt habsch mich versündigt, Slawen, hat der gesagt. Da is doch schon noch e kleener Unterschied, was?«

Frau Bähnert schüttelt besorgt den Kopf und schaltet die Vorabendserie »Gute Zeiten, schlechte Zeiten« ein, lehnt sich zurück und nickt sofort ein.

Herr Zieschong macht den Abgang zur Wohnungstür. Durch den Briefschlitz ist ein Werbezettel gesteckt worden. Herr Zieschong hebt ihn auf, kehrt umgehend ins Wohnzimmer zurück und rüttelt Frau Bähnert wach. »Hier, ham se was durchgesteckt! Wachen Se off!«

Frau Bähnert murrt schläfrig. »Was steht'n droff?«

»Feiern Sie mit uns – Weihnachten im Indernet!«

»Nu, vielleicht sind de Inder nett? Das machen mir. Da sind mir ne so einsam!«

Teilen macht Spaß

Herr Zieschong sitzt am Kiosk der Fähranlagestelle Pillnitz und trinkt ein Dosenbier. Die Fähre legt an. Schon bevor diese anlegt, wedelt Frau Bähnert zwischen den Autos mit den Armen herum und ruft unüberhörbar. »Huhhuh! Herr Zieschong! Huh-huh!« Herr Zieschong möchte im Erdboden versinken, alle Fährpassagiere drehen sich zu ihm um. Dann turnt Frau Bähnert von Deck.

»Herr Zieschong, nu, das is aber schön, daß ich Sie treff.«

»Ach, Frau Bähnert, wo kommen Sie denn heute her?«

»Von drüben.«

»Von drüben, mit der Fähre?«

»Nu, von drüben, von der Pillnitzer Post. Zwee Tage habsch mir de Beene in'n Bauch gestanden. Ich bin schon wieder e Stückel kleener geworden.«

»Warum denn, meine gute Frau Bähnert?«

Frau Bähnert nimmt Herrn Zieschong die Bierbüchse aus der Hand und macht einen tiefen Schluck. »Ich hab zwee Tage off unser Päckel gewartet. De Post streikt doch.«

»Genau«, sagt Herr Zieschong nicht ohne Stolz. »Mer streiken in Dresden.«

»Jetzt bin ich aber mal gespannt, ob unsre Torde, die mer beede bestellt ham bei Möwenback, überhaupt noch genießbar ist.«

»So, wie lange wor die denn unterwegens?«

Frau Bähnert schnuppert am Päckchen. Herr Zieschong prüft den Poststempel.

»Nu, acht Wochen.«

Frau Bähnert beginnt, das Paket aufzuknippern. Mühselig löst sie eine feste Schnur. Herr Zieschong rutscht auf der Bank umher. Das dauert alles!

»Frau Bähnert, in Mickten hat sich schon mal eine alte Dame totgeknippert!«

»Mein lieber Herr Zieschong. Wenn's mal wieder anders kommt, ham mor wenigstens genügend Strick!«

Frau Bähnert packt aus, Herr Zieschong studiert den Lieferschein.

»Frau Bähnert, was is'n das für eene – eene Hirschcremetorte, habsch ooch noch nir gehört, geschweiche denn gegessen. Hirschcremetorte?«

»Kirschcremetorte, Herr Zieschong! Sie ham se doch selber bestellt. Gucken Se mich mal an. Also, Ihre Oochen, das sind doch achtzscher Kesselnieten. Herr Ober, Herr Zieschong trinkt nischte mehr, der streikt nämlich!«

»Ich hab aber Durscht!«

»Da trinken Se Bohnenkaffee.« Sie ruft dem Ober noch hinterher. »Und für mich einen Eierkognak und e scheenes Stück Bismarck-Eiche. Ah!« Sie riecht an der Torte. »Nur gute Butter, eins A Markenqualität, deutsche Wertarbeit, eben Möwenback!«

Herr Zieschong hat sich einen Löffel geholt. »So, jetzt geht's ans Teilen.«

Frau Bähnert zieht die Torte zu sich herüber. »Teilen macht Spaß! Aber wie, aber wie mach morsch?«

»Wie sich's gehört: fifty-fifty!«

»Moment e mal, ich teile hier off.«

»Ich höre Ihr Angebot.«

»Entscheidend ist doch, was unterm Strich rauskommt – für mich.«

»Für jeden einzelnen.«

»Für uns.«

»Also dann geht der Schnitt quer durch de Masse!« Herr Zieschong setzt das Messer an.

»Nee, da machen Sie ja 'n Schnitt dabei und kriechen womöchlich de ganze Sahne. Und ich guck in'n Mond!«

»Nu, Sie wollten doch teilen.«

»Aber nich so!«

»Nu, wie denn?«

»Von oben nach unten.«

»Nu, aber ich denke ... Das is doch ni de Hälfte.«

»Von der Hälfte war nie die Rede, lieber Herr Zieschong, mir wollten deilen.«

»So geht's ni, Sie ziehn mich ja übern Tisch.«

»Sein Se froh, daßsch mit Ihnen überhaupt verhandle. Andre kriegen vom großen Kuchen gar nischte.«

»Jetzt langt mor's aber.« Er will das Messer in die Torte stechen. Frau Bähnert kreischt auf. »Herr Zieschong!!« Sie setzt ihm das Messer an die Kehle.

Der Kellner eilt herbei. »Aber, meine Herrschaften!«

Frau Bähnert dreht verlegen das Messer in der Hand, Herr Zieschong kratzt sich mit dem Löffel am Kopf.

»Es war weiter nichts, Herr Ober«, sagt Frau Bähnert.

Herr Zieschong fügt hinzu: »Nur ein kleiner Bestechungsversuch!«

Hauptgewinner ohne Ende

Frau Bähnert und Herr Zieschong sitzen unter einer exakt hundertjährigen Eiche, direkt im Zeichen der Eule, jenem aus der DDR in die vereinte BRD übernommenen (auch in den alten Bundesländern mußte man ja gehörig umdenken!) Naturschutzschild. Die Vögel zwitschern, in der Sachsenluft bei Goppeln hängt ein Hauch Schu- beziehungsweise Kleidermannschen Klavierspiels. Herr Zieschong ist trotz seiner Langzeitarbeitslosigkeit nicht untätig, er dreht Däumchen.

»Frau Bähnert, was ich Sie schon lange ma fragn wollte ... Ham Se eechentlich Kinder?«

Frau Bähnert freut sich über die Anteilnahme. »Nu, freilich hab ich Kinder, deswechen krieg ich jetz ooch – so gut – wie fast gar keene Rente.«

»Tja, für eines mußte ma sich schon frühzeitig entscheiden – Geld oder Liebe!«

Frau Bähnert tut empört. Dann schreckt sie plötzlich zusammen. »Der wievielte is'n heute?«

»Der 29. Juno.«

»Ich hab's geschafft«, jubelt Frau Bähnert und zieht ein Foto aus der Handtasche. »In zwee Wochen geht meine Große, de Hanni, in Rente – ach, ich freu mich für se!«

»Wie alt wird denn de Hanni?«

»Nu sechzig! Se hörn wohl ni zu, wenn ich sage, daß se in Rente geht ...«

»Sechzig? Na ja, da wird se wohl noch fünf Jahre warten müssen.«

»Was? Wieso?«

»Nu, die ham doch's Rentenalter hochgesetzt, und wenn das mit Deutschlands Talfahrt so weitergeht, muß se vielleicht ganz bis zum Schluß ...«

»Schluß! Sie! Meine Hanni ... um Himmels willen, da liegt die mir noch e Leben lang off der Tasche? Also, langsam kriegen mir hier Zustände wie in der DDR, do ham mer ooch bis fünfundsechzsch gerammelt wechen dem Gelde.«

»Frau Bähnert, was habsch immer gesagt? Der Westen war 1989 ökonomisch genauso am Ende wie mir – bloß off höhrem Niwo!«

Frau Bähnert denkt kurz nach. »Bloß die hatten am Ende e bissel mehr Restsurcen.«

»Tja, wenn die restlichen Restsurcen ooch noch fort sind, da wird der Kanzler ma wieder reisen müssen ... dann is ooch wieder Land in Sicht.«

»Genau«, jubelt Frau Bähnert spontan, »das isses! Der Kanzler muß wieder reisen, so wie damals zu uns nach Dresden – da hat der uns doch gekriegt.«

»Wovon reden Sie denn?«

»Herr Zieschong, ich rede von Schlesien und Siebenbürgen-Sachsen, und ich rede von 'n Sudeten...«

»Frau Bähnert, so däten Deutsche nie reden! Alles hat seine Grenzen!«

»Noch, Herr Zieschong, noch! Mer muß ja ooch ni glei mit dor Tür ins Haus fallen, aber braucht meine Hanni eine Rente, ja oder nein? Einer muß die ja schleslich erarbeiten. Also, Stift raus, Herr Zieschong. Was würde uns das kosten, wenn mor den' de Gebiete abkoofen?«

»Genau, Frau Bähnert, wenn mer schon damals nicht de Welt gewinnen konnten, da müssen mer se eben jetzt noch mal bezahln.«

Frau Bähnert runzelt angestrengt die Stirn. »Was haben mer denn denen eechentlich gekostet?«

Herr Zieschong grübelt. »De DDR – sechshundert Milliarden?«

Frau Bähnert leckt den Kopierstift an, legt einen Zettel an Herrn Zieschongs Oberarm und notiert: »Also, sag mer mal fuffzsch Milliarden für Schlesien ...«

»Stop! Machen Se ruhig Schlesien und Pommern zusammen, die nehm' mer im Sturm – äh, im Paket, da komm' mer billiger am Ende.«

»Herr Zieschong, Sie – Sie gehn ja ran wie Blücher, also mit Pommern ... und Danzig? Das sind aber dann ... zig Milliarden mehr. Hundert habsch und Pi mal Daumen ...«

Herr Zieschong strafft sich. »Ich hab's – mer zahln denen das in Raten ... so über zehn Jahre. Passen Se doch mal off. Wenn mer schon jedes Jahr sechs Milliarden für de Asylanten hinblättern müssen, nu, da muß es doch möglich sein, zehne für unsre Gebiete offzutreiben.«

»Na, hoffentlich bringen wir den Russen nich off de Palme.«

Herr Zieschong lacht auf. »In zehn Jahren? Da frißt uns der Russe aus dor Hand – der hat doch jetzt schon nischte mehr zu beißen.«

»Oh, Herr Zieschong, zweemal 'n Krieg verlorn, trotzdem alles gewonnen ... Das muß uns erscht mal eener nachmachen in Europa.«

»Und da sage noch eener, mir Deutschen hätten das Träumen verlernt.«

Man wird doch noch mal träumen dürfen! Frau Bähnert ist auf jeden Fall Gewinnerin der Wende. Welthistorisch und rentenpolitisch betrachtet. Sie durfte Tochter Hanni nach deren jähem Fall aus einer ABM-Auffanggesellschaft bis zur erhofften Rente noch ein paar Jahre durchschleppen. Aber was ist diese Bürde gegen den greifbar nahen Gewinn von Pommern und Schlesien im Doppelpack?

Verfleescheversicherung

Es ist Sonntagmorgen. Soeben ist Herr Zieschong mit einem Netz voll duftend frischer Semmeln vom Bäcker in das Mietshaus zurückgekehrt und fummelt mit Frau Bähnerts Schlüsseln an deren Türschloß herum. Hinter der Wohnungstür pfeift Frau Bähnerts Wasserkessel, und niemand nimmt ihn vom Gas. Frau Bähnert kommt schon seit ein paar Tagen hinten nicht mehr hoch. Sie sitzt auf dem Küchenstuhl, hat sich zwei Topflappen auf die Knie gelegt und malträtiert aufstöhnend ihre Gelenke mit einem Schnitzelklopfer. Trotz der Schmerzen hält sie tapfer aus. Auf dem Küchentisch liegt ihr löchriger Sparstrumpf. Frau Bähnert legt den Fleischklopfer beiseite und beginnt, ihr Geld zu zählen. Herr Zieschong ist inzwischen in die Wohnung getreten und schweigend im Türrahmen stehengeblieben. Frau Bähnert bemerkt ihn nicht.

Wieder greift sie zum Klopfer und behämmert abwechselnd ihre Knie, wobei sie im Rhythmus der Schläge spricht.

»1996–1997. Oder ni? 1996–1997. Oder doch ni.«

Herr Zieschong guckt entgeistert. »Nu sagen Se mal,

meine gute Frau Bähnert, in welcher Sekte sind Sie denn? Wohl bei de Bagwahn?«

»Backwaren? Legen Se die off'n Küchentisch. Se scheinen ni zu wissen, was derzeit los is off'n Rentenmarkt?«

»Das is doch keen Grund, sich mit'm Schnitzelklopfer de Knie zu verbleuen!«

»Also bitte, ja ... ich bereite mich leibhaftig off de dritte Stufe vor?«

»De Stufen wern Se schon bald wieder schaffen, Frau Bähnert. Aber ni, wenn Se sich de Beene zerwichsen.«

»Ich meene de dritte Stufe von de Fleescheversicherung.«

»Nu, und wozu zähln Se 's Kostegeld ab?«

»Herr Zieschong, de dritte Stufe von de Fleescheversicherung besagt doch: Ein jeder verfleesche sich selbst.«

»De Arbeitslosenrendite reicht gerade mal für de Neuanschaffung eines Regenschutzes für mei Handy.«

»Was soll'n das sein? E Regenschutz fürs Handy?«

»E Handicap!«

»Nu, das habsch jetzt ooch, e Handicap. Was denken Sie denn, warum ich hier sitze? Ich hab Angst. Letzte Woche kam so e Krankenkassenüberprüfer und erwischte mich off der 3. Stufe – eiskalt unten im Treppenhaus.«

»Der kam bestimmt vom Seehofer und wollte Se noch mal neu einstufen. Da passiert aber ooch zu viel Mißbrauch in letzter Zeit.«

»Nu glar, der wollte mich weech klopfen – nee, nee, das machsch hübsch selber. Mensch, was hatte ich früher in der Poliklinik für herrliche Kniemassagen.«

»Aber alles in Unfreiheit, Frau Bähnert, alles gezwungenermaßen.«

»Und der Reizstrom erscht!«

»Ob Se wollten oder nicht – Se wurden gereizt bis zum letzten!«

»De Knie jedenfalls konntsch hernach wieder beugen.«

»Und nu sind se eben weggebrochen.«

»Nu, und wenn's gar ni mehr ging, kam de Inge, de Gemeindeschwester, und hat mei Rheuma massiert.«

»Frau Bähnert, warten Se de Zeit ab, 's kommt alles wieder, in e paar Jahren gibt's ooch wieder Polikliniken, Gemeindeschwestern und Ihr Rheuma kommt ooch wieder ...«

»Mensch, das werde ich bis dahin gar ni mehr los. Vierzsch Jahre hält doch der Staat ni noch e ma durch.«

»Nu, Ihre Knie aber ooch ni ... ich weeß ooch gar ni, was Sie hier so rumbarmern. Wenn Se früh eben paardu ni aus'm Kahn kommen, da bleiben Se eben bis Mittag im Neste liechen – dagegen kann der Seehofer ooch nischt machen.«

Frau Bähnert ächzt und schlägt wieder mit dem Holzhammer zu. »Wissen Se eechentlich, wer den höchsten Krankenstand in der Bundesrepublik hat?«

»De Rentner?«

»Stimmt. Die aus'm Gesundheitsministerium. Sechsundvierzsch Tage fehlen die im Jahr. Wechen denen krauchen mir off'n Zahnfleesch.«

»Frau Bähnert, beruhigen Se sich – andre Zeiten, andre Sitten. De Reichen versorgen de Reichen und de Armen ... Ich – Sie. Guggen Se. Semmeln hole ich früh – jetzt siebenmal de Woche. Da sind Se schon in der ersten Stufe verfleescht. Und mittags kommt's Essen off Rädern.«

»Hörn Se bloß off, denen ihre Graupen habsch schon lange dicke.«

»Nu komm' Se, dafür gab's letzten Dienstag de Armen Ritter – reichlich.«

»Nu, hoi, davon weeß ich doch gar nischte, das is ja hoch interessant! Daß ich das ooch mal erfahre, was die uns aus Essen für leggerfezzsches Zeuch offtischen.«

Herr Zieschong ist verlegen. »Aber, Frau Bähnert, Sie hielten doch Mittagsschlaf – und der is heilig ...«

»Schweigen Se, alter Gierschlund! Schämen Se sich denn

gar ni, nor alten Frau die eenzsche warme Mittagsmahlzeit wegzufressen. Gerade de Armen Ritter ... hätte ich gebraucht. Ich bin doch seit 89 off der Felge. Herr Zieschong, ab heute verfleeschen Se mich ooch abends ...«

»Mach ich, Frau Bähnert, sehn Se, damit ham Se schon de zweete Stufe der Gesundheitsreform erfüllt. Abends derfen ja nur Profis ran.«

Frau Bähnert guckt Herr Zieschong liebevoll gerührt an. »Ach, mei guter Herr Zieschong, ich bin ja so froh, daß ich Sie hab, jetzt kann mir keener mehr de Fleeschesätze rauben, habsch Ihnen das schon erzählt, wie so e Gesundheitskassenvertreter unsre Hildegard für de Fleeschesätze überprüfen wollte?«

»De Hildegard? Kenn ich nicht.«

»Horchen Se, der hat de Hilde gezwungen, was vorzulesen und zwar – jetzt kommt de Unverschämtheit – aus ihrem Neuen Testament.«

»Na ja, aus seinem Testament wäre ja noch unverschämter – aber raffiniert, der Mann! Der wollte bei der Hilde bestimmt überprüfen, wieviel se noch droff hat. Nu klar, wechen der Berechnung der Fleeschesätze. Da soll's ja Punkte geben. Nu, und off wieviel Punkte isse gekommen. Ich hätte dem ja 's alte Testament untergejubelt.«

»Ob altes oder neues Testament spielt doch bei der Hilde keene Mandoline. Die hat doch eh nischte off'm Konto. Sie Ochse, die sollte dem Heini was aus der Bibel vorlesen, ausgerechnet de Hilde.«

»Nu und, eben aus der Bibel. Wenn se nich in der Partei war ... Wieviel Punkte hat se denn nu gekriegt?«

»Wieder drei Punkte.«

»Drei Punkte, is das viel?«

»Für de Hilde sind drei Punkte nach wie vor der Höchstsatz. De Hilde is von Geburt an blind!«

Rückgabe vor Entschädigung

Eine Zieschongsche Vision

Frau Bähnert und Herr Zieschong verlassen gerade die Rheinauen in Richtung Bonner Bundestag. Sie sind ausgerüstet mit einem Fernglas, einer Schmalfilmkamera AK8, einem Fotoapparat der Marke Pouva Start, einem Maßband und einem Notizblock. Herr Zieschong weist zum Bundestag hinüber.

»Wie die sich hier eingenistet haben. Über verzsch Jahre – ohne Miete zu zahln!«

»Eingemästet.«

»Unsre Brüder und Schwestern.«

»Wer hätte das gedacht, Herr Zieschong!«

»Frau Bähnert, ich kann's noch gar ni fassen und begreifen. Zeigen Se mir doch noch ma den Grundbuchauszug.«

»Mit Vergnüchen!«

Herr Zieschong schlägt das Buch auf, blättert und liest dann laut und stolz: »Eigentümer des Grundstücks, Gemarkung Bonn 0815/47II, Katasternummer undsoweiter ist Per 08. 03. Herr Günter Zieschong, wohnhaft in Dresden undsoweiter ... nee, ich faß es ni.«

»Zum Frauentag, Herr Zieschong, zum Frauentag wechselt's den Besitzer. Also, alles was recht und billig is ...«

»Mir is es lieb und teuer!«

»Sag ich doch, Se ham mehr Schwein als Verstand, Herr Zieschong.«

»Vom Tellerwäscher zum Millionär ...«

»Vom Langzeitarbeitslosen zum Großgrundbesitzer, Herr Zieschong, jetzt sind mer de neuen Reichen und Schönen. Sie, Herr Zieschong, Sie!«

»Was so 'ne Eintragung aus 'n Menschen machen kann. Darf ich Sie mal persönlich was fragen?«

ICHTSPIEL

»Ich berate Sie gern.«

»Ich hab meene Schkrupel, Frau Bähnert, vor allem innerlich. Ich meene, mer nehmen denen das doch nu einfach weg.«

»Se wer'n doch ni moralisch wer'n, Herr Zieschong!«

»Frau Bähnert, die hatten doch ooch ihre Geschichte. Die saßen dadrinnen immer an ihren Pulten, haben de Männel gekritzelt, Schiffeversenken gespielt, sind ihrem Lobby nachgegangen, ich meene, das können mer doch ni alles mit eenem Mal auslöschen. Nu, verzsch Jahre.«

»Und nu gehört's uns. Ihnen, mei Bester.«

»Aber die hatten doch ooch ihre eichene Identität.«

»Immunität, die Immunität.«

»Sag ich doch. Was is'n das?«

»Immunität is, sehen Se doch. Viele Abwehrkräfte. Damit wir die ni anstecken.«

»Derfen mer denn das?«

»Die anstecken?«

»Die von heute off morgen vor de Türe setzen?«

»Ihre Humanität kennt wohl keene Grenzen? Soviel Mitleid off eenen Haufen!«

»Nu, was wird denn nu?«

»Der Herbert, was mei Seliger war, der war doch Jäger, und der hat immer gesagt: Man gewährt kapitalen Böcken Schonzeit.«

»Schonzeit?«

»Bis zum Umzug. Umzug vor Rückgabe!«

»Ich wollt's eechentlich noch lebend kriegen – das Grundstück.«

»Dann setzen Se 'ne Frist, Herr Zieschong. Den 3. Oktober. Tag der Einheit. Ist ooch 'n Feiertag, dann ham die Zeit zum Einpacken.«

»Und dann?«

»Na und dann – ab nach Berlin.«

»Das is dann deren Entschädigung vor Rückgabe!«

»Nu klar, so steht's im Grundbuch, Herr Zieschong.«

Herr Zieschong rollt das Bandmaß aus.

»Frau Bähnert, jetzt geht's ans Vermessen – Zeit is Geld. Mir brauchen ...«

»... Zirkel ...« Beide lachen auf. Frau Bähnert klopft Herrn Zieschong auf den Oberarm. »... und Hammer!« Sie schaut auf die Straßendecke, sucht etwas. »Die ham hier gar keene Gullys, Herr Zieschong. Das is wohl gar ni erschlossen, das Gebiet hier?«

»Was machen mer nu ans dieser Investruine?«

»'ne In-Ostruine, Herr Zieschong.«

»Genau, die wirtschaften mer runter – zum Altersheim.«

»Ist es doch schon. Hier muß Schwung in die Bude. Seniorentreff der Volkssolidarität. Rentnertanz!«

»Und Sie, Frau Bähnert, werden Teilhaberin mit so treuen Händen.«

»Wie wär's mit 'ner Milchviehanlage?«

Herr Zieschong grinst. »Alles Zieschong oder was? Und der viele Mist?«

»Alles nach Berlin!«

»Nach Ostberlin!«

»Nee, nee, jetzt hab ich's. Mer machen hier eenen riesigen Freiluftgolfplatz.«

»Genau, mit solchen Ozonlöchern. Darauf brauchsch erscht e mal eenen schönen Bohnenkaffee.«

»Bonner Kaffee, Herr Zieschong, da gehn mer doch glei ins Café Kanzler!«

Vom Hundertsten ins Zweitausendste

Frau Bähnert und Herr Zieschong sitzen entspannt auf der Brühlschen Terrasse und blicken in die trübe Brühe. Frau Bähnert rollt patriotisch-verzückt mit den Augen.

»Ach, mei guter Herr Zieschong, isses ni schön unser Dresden? Guggen Se dort, wie friedlich se de Elbe nunter schibbern.«

»Wer?« Herr Zieschong nimmt das Zeiss-Glas vor die Augen.

»Nu, die zwee neuen herrlichen Westdampfer, der ›August, der Starke‹ und de ›Gräfin Cosel‹!«

»Ach, Se meenen de ›Gorbitz‹ und de ›Prohlis‹, die sehn aus wie de Neubaugebiete, die uns der Honecker hochgezerrt hat. Se passen zwar nich zu Dresden, aber nu sind se eben mal da ... bloß verzsch Jahre halten der August und die Gräfin ni ...«

Frau Bähnert guckt unwillig. »Hörn Se off rumzumosern, Se müssen positiv vorwärts und nich zurückblicken. Nehm Se sich e Beispiel an unsern Oberbürgermeester Wagner. Wenn der Aggressionen hat, geht der in seinen Garten und jagt de Bäume durch'n Häcksler.«

»Nur gut, daß Se mir das sagen, Fran Bähnert, jetzt weeß ich wenigstens, wo der de ganze Zeit steckt. Sagen Se mal, ob mir Dresdner noch in diesem Jahrtausend die neue Brücke kriegen, die uns alle so belastet?«

»Entlastet – Herr Zieschong – entlastet. Aber der Stadtrat hat sich schon off eens geeinigt: De Brücke geht über de Elbe. Ich sag Ihnen, das liecht alles ne am Wagner, der is doch ooch bloß e Handlanger des Kapitals. Warten Se mal de Zeit ab, wenn de Zementpreise wieder steigen, ham mer in Null komma nischt vier Brücken, und derweile bezahln se eben noch e mal fünf Gutachter, die wolln schließlich ooch von was leben ...«

Herr Zieschong piekt Frau Bähnert erregt mit dem Zeigefinger rhythmisch in den Oberarm. »Das sind unsere Steuermittel, die ich erarbeitet habe!«

»Seit wann sind Se jetzt arbeitslos, mei Bester?«

»Seit sechs Jahren.«

»Na also, dann sein Se froh und stille, daß Se in Dresden ihr Gnadenbrot essen derfen. Mensch, wenn's überhaupt eener geschafft hat mit'm Offschwung, dann sind das mir Dresdener. Guggen Se, Chemnitz verkommt! Leipzig kommt! Aber *mir* sind da! Fahren Se doch mal von Brandenburg hierher, da denken Se, Se kommen in de Schweiz – alleene unsre schöne Frauenkirche!«

»Frau Bähnert, davon hab ich gar nischte. Ich bin e Mann!«

»Aber der kleine Trompeter ...«

»Bitte, wer?«

»Na, unser Ludwig Güttler, der bläst auch für Sie, Herr Zieschong, ja, auf daß Sie Gottes Botschaft erhören und mitsammeln.«

»Hat der Güttler ni ooch schon früher geblasen?«

»Ja, freilich, aber in de andre Richtung!«

Herr Zieschong nickt nachdenklich. »Se ham recht, Frau Bähnert, außerdem ist die Trompete ein zutiefst unpolitisches Instrument, deswegen hat er ja ooch damals unsern schönen Nationalpreis bekommen. Und den gab's wirklich nur für die geleistete Arbeit.«

»Moment! Den Nationalpreis hat er glei nach der Wende der Wiedervereinigung zurückgegeben.«

»Ach so? Nu, der wird sich schon was dabei gedacht ham.«

»Äh, mor muß auch vergessen können. Irgendwie vergeht de Zeit heute viel schneller.« Frau Bähnert beißt mit der Kraft zweier Herzen in die Piemont-Kirsche. Herr Zieschong pflichtet ihr bei.

»Ja, das stimmt.«

»Obwohl ich heutzutage viel langsamer de Treppe roffkomme.«

»Frau Bähnert, die baun doch jetzt de Frauenkirche wieder auf. Das wär doch ooch für Sie noch mal e schöner Neuanfang – als Trümmerfrau!«

»Da habsch ooch schon dran gedacht, aber die wolln nur Spenden – keene Almosen.«

»'s vergeht doch keen Tag ohne Spende. Gibt eene Dresdner Bank 250 000 Mark, kommt'n nächsten Tag eene andre deutsche Bank mit 'nem 400 000-Mark-Scheck an. Nu, das lassen die sich ni bieten ...«

»Möchte bloß mal wissen, wo die alle das Geld her ham?«

»Es tobt momentan e richtscher Spendenkrieg in Dresden. Jetzt geht's darum, ob zur Einweihung das Logo einer commerziellen Bank von der Kuppel strahlt ...«

»Oder das eener andren deutschen Dresdner. Und wer verdient am meisten dadran?«

»Nu, mer Dresdner mit der schönen Stadtansicht.«

Frau Bähnert seufzt. »Ach, isses ni herrlich, 's wird alles wieder wie früher.«

»Früher war schöner!«

»Ja, aber noch früher war noch noch schöner!«

»Frau Bähnert, von mir aus hätte de Kirche so bleiben könn'n, wie se war. Die Kirche is doch tot, hier wird 'ne Leiche zum Leben erweckt. Hier gibt's keene Gemeinde – nur 'ne Spendengemeinde. Mit dem Wiederaufbau der Frauenkirche bombardier'n die uns wieder ins 19. Jahrhundert zurück.«

»Nu, immer noch besser als so e neumodsches Bauwerk

direkt gegenüber unserm schönen Zwinger. Stelln Se sich das mal vor, da wollte uns so e Amerikaner frank und frei irschend so e Zuckerpalast-Tortenstück hinknallen, ausgerechnet an die Stelle, wo jetzt meine Versicherung ihren Glassandstein-Betonstahlkasten hingesetzt hat!«

»Der wollte vielleicht provozieren, quasi een Kontrast schaffen. Mer könn' doch nich ewig nur de Verwalter des Barocken bleiben. War's denn was besonderes?«

»Äh, eben nischt Barockes. Eher so 'ne Un-art. Ich hab doch ooch gar nischt gegen Ausländer, aber in Dresden muß mer fieschelant sein.«

»Se meenen – nich greifbar!«

»Am besten gar ni angreifbar. Hätte der Stella-Frank sei Monstrumsbau in Form eenes Dresdner Christstollens vorgeschlagen – Wagner hätte aufgerufen – und Güttler hätte geblasen – zum Sammeln! Biedenkopp hätt's abgesechnet, und mer Dresdner hätten alle gespendet. Und wem's hier ni paßt, der kann ja gehn – nach'm Westen!«

»Ham Se schon gehört, daß unser Königspaar mit off'n Fürstenzug soll?«

»Nu, freilich, mei Guter, die müssen da droff. Was denken sie denn, warum dort derzeit de Meißner so kacheln. Als legitimierte Nachfolger der Wettiner zieht de Ingrid mit ihrem Schatz 2006 ins Schloß.«

»Damit se ihre Ruhe ham.«

»Nee, das sind de erschten Exponate für unser sächsisches Nationalmuseum!«

Mistlatschen

Frau Bähnert wischt den Hausflur. Sie wringt gerade den Lappen ans, als Herr Zieschong, den Dederonbeutel schwingend, vom Einkauf kommt. Frau Bähnert fährt ihn an. »Gucken Se nur, Herr Zieschong, wie das hier wieder aussieht! Draußen brennt de Welt, da wollen mer wennichtens im Haus off Ordnung halten.«

»Guten Rutsch, Frau Bähnert, und fürs Neuejahr alles Gute!«

»Ach, hörn Se doch off! Siebenhundert Mark! Ab 1. 1. – ein Leben lang. Das krieg ich.«

»Na, wunderbar! Ham Se in der Aktion Sorgenkind gewonnen?«

»Nee, hier lesen Se mal.«

Sie holt ein Behördenpapier aus der Schürzentasche und reicht es Herrn Zieschong. »Das is meine Rente, Herr Zieschong, ich war doch nur Trümmerfrau. Deshalb werde ich jetzt eingeschmolzen – mein Sockelbeitrag.«

»Abgeschmolzen, Frau Bähnert. Se kriegen immer dasselbe – ein Leben lang. Dafür bauen Se aber unser schönes Dresden wieder auf.«

Frau Bähnert steckt das Schreiben wieder ein. »Mein Gott, wenn man das alles so liest, könnte mor fast denken, der Staat is abgebrannt.«

»Sag ich doch. Deswegen hilft fürs nächste Jahr nur eens: Enteignung der deutschen Banken und Einfrieren ihrer Präsidenten und Einschmelzen der Rentner!« Er steigt die Treppe hinauf. Da wird Frau Bähnert zur Furie.

»Hab ich Sie endlich in flagianti!« Sie wirft ihm den Scheuerhader ins Kreuz.

»Der gesamte Hausdreck resultiert aus Ihre Mistbotten! Weil Se's Abstreichen verlernt haben! Erscht schleppen Se alles mit noff, dann wieder mit nunter. Der Trude im Hochparterre steht's bis hier! Aber das liegt an Ihrem Profil, weil Se viel zu tiefe Rillen ham.«

Herr Zieschong wendet sich auf dem höheren Treppenabsatz um. »Passen mal off, Frau Bähnert. Bis ich oben bin, sind meine Latschen sauber. Und sparn Se Ihre Kräfte lieber fürs Bohnern, sonst wird es nächstes Jahr nischte mit dem Offschwung.«

»Ich werde neunundsiebzsch, alter Haderlump, aber Sie ham doch gar keene Achtung vorm Alter, geschweige denn vor der Hausordnung. Wissen Se, was ich Ihnen für's kommende Jahr wünsche? De große Hausordnung, und zwar neunundsiebzsch mal hintereinander!,«

»Ooch nee, das is zuviel. E Affentheater, bloß wegen meiner Gondeln. Frau Bähnert, schon mal was gehört von der Quantentheorie?«

»Sie sind der letzte, der sich über de Hausordnung lustig machen sollte, es gibt nämlich ooch gebildete Leute, die de was dervon verstehen. Bitte gucke Se – hier, menschliche Schuhe sind immer vorne und hinten abgelatscht.«

»Das is ja 'ne großartige Entdeckung, Frau Bähnert.«

»Isses ooch. Und das hat als erschter entdeckt ...? Galileo Galilei.«

Herr Zieschong prustet los. »Bei der Hausordnung.«

»Ganz genau, und somit bewiesen, daß de Erde 'ne Kuchel sein muß.«

»Se meen' ne Hohlkugel. Also, Frau Bähnert, da geht nischt drüber. Se ham mich überzeucht. Nur, wenn meene Latschen weg sind, weeß doch niemand mehr, von wem der Dreck stammt.«

»Ei Gott, das stimmt. Lassen Se de Latschen, wo se sind, Herr Zieschong.«

»Eene Bitte hab ich noch. Ooch fürs neue Jahr gilt: Ja nischt vornehm!«

»Nee, woher denn, ich vergesse doch nie, woher ich gekommen bin. Ich werd doch ni vornehm! Ich doch ni, Herr Zieschong.«

Stollen für die Welt

Es ist Adventszeit in Dresden. Frau Bähnert und Herr Zieschong schlendern über den Striezelmarkt, vorbei am Pflaumendoffel, dem Herr Zieschong nach dem dritten Glas Glühwein immer ähnlicher sieht. Frau Bähnert nascht Kräppelchen. Es ist bitterkalt. Der Frost schlägt den beiden Marktbummlern aufs Gemüt. Frau Bähnert zupft Herrn Zieschong am Ärmel.

»So, und brauchen Sie noch was?«

»Ne, ich hab alles beisammen. Aber dort, guggen Se mal, von dem herrlichen Drei-Tonnen-Striezel dätsch mir gern's Renftl in d'n Glühwein ditschen.«

»Drei-Tonnen-Striezel! Bei Ihnen blitzt wohl de Zündkerze im Gehirne. Aber das kommt nur von dem elenden Glühpunschgegulgse. Sie, Herr Zieschong, meenen einen Dreipfünderstollen. Een Dreitonner kann sich gar keener leisten, grad jetzt, wo wieder Rezeption herrscht.«

»Resignation, Frau Bähnert, Resignation. Der Dreitonner ist doch fürs Guinessbuch, obwohl ich persönlich ja mehr off Radeberger stehe.«

Frau Bähnert schluckt das Kräppelchen herunter. »Herr Zieschong, unser sozialer Staat schliddert von eener Krise in de andre, und da wolln Sie sich ooch noch 'ne Scheibe abschneiden ... von Guiness.«

»Ginn es nach mir – zweee. Eene Scheibe kostet doch bloß fünf Mark, und dafür kriescht mer e Pfund.«

»Was? Für fünf Mark fünfhundert Gramm Stollen – der

ist doch billiger wie Brot. Herr Zieschong, früher, also noch vor der Zeit, wo ooch ich noch ni gelebt hab, 14. Jahrhundert und Fenge, war unser Dresdner Christstollen ein Grundnahrungsmittel. Ja, Wasser und Mehl hießen de Zutaten. Man nannte ihn ja ooch den Leib Christi – von wegen der Form, das eingeschlagene Linnen für die Frucht Gottes, ni wahr.«

»Ich erinnere mich, Frau Bähnert, und dann gab's doch ooch – noch unterm August – das Dekret über den Frieden.«

»Quatsch, das war das Dekret über de Butter, damit Frieden bleibt. Nu, der damalige Papst hat doch de gute Butter zur Weihnachtszeit verboten, damit sich de Leute ni so de Wänste vollhauen und an de Völlerei zu Grunde gehn ... Weihnachten!«

»Das war ja e fortschrittlicher Papst! Ach, und damit Butter-Berg-Frieden blieb, blieb alles beim alten – dementsprechenden – Papste?«

»Ne, ne, ne, unser Sachsenkönig hat'n doch bestochen, nu, mit'm Zollgelde. Der Bürger hatte seinen Stollen, August seine Ruhe – und 'n Stollen.«

»Und der Papst alles dreies. Tja, die verstanden noch zu leben.«

»Und, Herr Zieschong, je besser's den Leuten ging in Sachsen, um so mehr hochwertsche Ingridenzschen wurden neingemährt: Rosinen, Sultaniten, Mandeln – feingehackt, versteht sich –, ni wie bei'n Dresdner Westchriststollen, wo de halben Mandeln drinne schwimmen, weil se zu faul war'n, die ordentlich abzubelln. Das könnte ja Arbeet mach, aber gut, um die geht's jetzt gar ni. Dann war drinne – im Stollen: Zitrenat, Mazisblüte, erotische Gewürze und obendroff, quasi als Krönung, dementsprechend der legendäre Puderzucker.«

Frau Bähnert hat sich am Kräppelchenkrümel verschluckt und hustet. Herr Zieschong klopft ihr auf dem Rücken herum. »Nu, aber, Frau Bähnert, da ist ja unser Dresdner Christstollen am Ende nischt weiter als daß se uns hamm 'n Leib Christi schmackhaft gemacht.«

»Ja! Aber ist das nicht e himmlischer Leichenschmaus!«

»Übrigens, Frau Bähnert, der Reinerlös dieses Guiness-Dreitonners dient einem guten Zweck: Brot für de Welt, und e bissel ooch was für de Frauenkirche – eben für de Ärmsten der Armen.«

»Sehn Se, mit fünf Mark für e Pfund Stollen greifen mir den unter de Arme – solange der Vorrat reicht. Mir essen für de Dritte Welt!«

»Frau Bähnert, der Stollen ist doch haltbar, wollen mor den da ni glei im Ganzen dort nunter schicken?«

»Um Gottes willen, wer soll'n das bezahlen? Die Aktion heißt ja außerdem Brot für de Welt und ni Stollen für de Welt!«

»Wissen Se, Frau Bähnert, woran de DDR zu Grunde ging? Weil am Ende 's Brot so billig war, daß es keener mehr bezahln konnte.«

»Am Ende, am Ende. Mir essen Stollen.«

»Frau Bähnert, mir können gar ni so viel fressen, wie mir spenden müßten.«

»Unser Weg ist richtig, da muß eben de Dresdner Bäckerinnung nächstes Jahr een Fünftonner zaubern, da ham dann alle was davon. Am Ende!«

Herr Zieschong setzt einen neuen Glühwein an, stellt den Becher ab, leckt sich die Lippen. »Weil mir grade beim Thema sind, wissen Se, daß eene Million Schwarzafrikaner spurlos vom Erdboden verschwunden sind?«

»Herr Zieschong, eene Million? Das is doch Schwarzer Humor? Sie sind wo nich von der Welt, wann soll denn das gewesen sein? Eene Million spurlos, also nee!«

»Gestern nacht, Frau Bähnert.«

»Nachts. Na, sehn Se, nachts sind alle Neger grau.«

»Schwarz.«

»Na, da is es ja kee Wunder, die sieht doch gar keener.«

»Frau Bähnert, Gottversalat, die sind Hungers geflüchtet!«

»Aber Herr Zieschong, beruhigen Sie sich – Punkt eins: Ich möchte oh nicht so e'm Schwarzen im Dunkeln begegnen. Punkt zwei: Sie müssen an das Gute im Neger glauben, und passense off, wenn se wirklich richtschen Hunger ham, komm' die von ganz alleene. Mir derfen de Hoffnung ni aufgeben, also, ich zumindest glaube daran.«

»Das eenzsche, Frau Bähnert, woran ich noch gloobe, ist, daß e Pfund Hammel 'ne gute Briehe gibt!«

Gemeinsam gegen die Kälte

Frau Bähnert bohnert das Treppenhaus. Herr Zieschong schaut ihr, an den Rahmen seiner Wohnungstür gelehnt, mit verschränkten Armen zu. Frau Bähnert ist empört.

»Was gibt's 'n da zu feixen? Wenn mer de große Hausordnung hat – oh noch zwischen Weihnachten und Neujahr –, Mensch, das is ne Strafe. Und Sie feixen!«

»Ich schaue freundlich drein, ja, darf ich Ihnen helfen?«

»Bei was wollen Sie mir denn helfen?«

»Bei Ihrer Strafe ...«

»Freiwillig – Nachbarschaftshilfe?«

»Genau – Harmonie zum Jahresausklang, denn de große Hausordnung mit Ihnen, Frau Bähnert, das is's wahre Fest.«

Frau Bähnert poliert mit einem Tuch das Treppengeländer. »Also, Herr Zieschong, de Weihnachtszeit is ja nu vorbei ... das Fest mit Ihnen war wunderbar, da gibt's gar nischt. Und ich muß ooch sagen, Se ham sich dieses Jahr wirklich zusammengenommen ... Das hielt sich alles in normalen Bahnen, ma abgesehen vom Zweiten Feiertag.«

»Frau Bähnert, 's war aber ooch bitterkalt, und eine Flasche Glühwein zu eensneununneunzsch ...«

»Stimmt, ich hab ja ooch mitgetrunken – ein Glas! Gut, aber ich wollte off was ganz andersch hinaus ... Sehn Se ma, der Sozialstaat wird doch jetzt umgebaut, also abgebaut ...«

»Genau, selbst in der Marktwirtschaft läuft alles nach Plan!«

»So isses. Sie ham mich also verstanden – Gott sei Dank – und deswechen habe ich, Ilse Bähnert, übrigens schon am Totensonntag, folgendes beschlossen: per 1. 1. 1998 gehe ich ins Heim!«

»Was, in de Sieche?!!« Herr Zieschong hält im Bohnern inne.

»Also, Herr Zieschong, ja, meinetwegen ooch in de Sieche, ich schaff's ne mehr – weder körperlich noch finanziell.«

»Ja aber ... An mich denken Se wohl gar ni?«

Frau Bähnert lacht kurz auf. »Se sind doch nich etwa einsam, mei Guter?«

»Frau Bähnert, nich so laut, ich bitte Sie, das geht doch keen' was an. Ach Mensch, wenn Se ehrlich sind, dann sind Se im Innersten Ihres Herzens auch einsam ...«

»Ich einsam!? Bei Ihnen piepts wohl? Ich war nie einsam! Und wenn ich mal einsam war, dann hab ich mir Arbeit gesucht! Herr Zieschong, erinnern Se sich noch an Ihre erste und einzige Westreise 1988?«

»Ja, da habsch meiner Mutter e Päckel ›Jakobs Kaffee‹ mitgebracht ...«

»Mitgebracht? Heu – ich höre immer mitgebracht ... Verkooft ham Se 's ihr – für fuffzsch Mark OST! Der eeschenen

Mutter den Kaffee verkooft! Se sind doch nur hinterm Gelde her, Haderlump. Se könn's gar ne erwarten, bis ich ins Heim komme. Ich weeß ja ne, was Se sich schon ausgerechnet ham, ar eens kann ich Ihnen flüstern: Viel bleibt nimmer übrig, wenn mich de Sieche übernimmt!«

»Ich hab mir doch von Ihnen nie etwas ausgerechnet!«

»Vielleicht nicht laut – aber im stillen!!«

»Frau Bähnert – bitte!«

»Nicht mit ›bitte‹ – stelln Se sich vor'n Spiegel und streit'n Se sich mit sich selber!«

»Wissen Se, was Se sind – garstsch und verbittert!«

»Und Sie sind e Rungs. Versuchen Se gar ni erscht, bei mir zu kloppen, meine Buchte bleibt für Sie verschlossen. Ich mach sowieso ne off, ich geh nämlich heute aus und mach's mir endlich ooch ma schön – alleene!«

»Das trifft sich ja vortrefflich. Ich treff mich mit meiner Brigade. Da würden Se nur stören.« Herr Zieschong verschwindet hinter seiner Wohnungstür, wo sein Präsent-20-Anzug gebürstet an der Flurgarderobe bereithängt ... Er zieht einen Taschenkalender heraus, schaut aufs Datum – 28. Dezember. Darunter hat er säuberlich notiert: »Café Heiderand, 20.30 Uhr Ball der einsamen Herzen.«

Als Herr Zieschong am Abend um die Ecke des Cafés biegt, trifft ihn fast der Schlag. Da steht vor der Tür in ihrer auf Persianer getrimmten Kaninchenpelzjacke und langem Ballkleid darunter – Frau Bähnert. Auch Frau Bähnert fällt die Kinnlade herunter. »Was lungern Sie denn hier rum, Herr Zieschong? Se sind mir wohl nachgeschlichen?«

»Nachgeschlichen? Ich Ihnen? Sie mir!«

»Also bitte, ja, ich wollte nur mal nach'm Rechten sehen ... Sagen Se ma, off wen warten Sie denn hier?«

»Off Neugierdens Karle in Butter gebraten!«

»Ach, kommt zum Ball also doch noch een Herr, na, denn bin ich ja beruhigt!«

Frau Bähnert bewegt sich zum Eingang. Herr Zieschong stiefelt hinterher. »Was such'n Sie denn überhaupt hier, Frau Bähnert, am Ballkulturhaus. Ich denke, Sie sind ne einsam?«

»Bin ich auch nicht.« Frau Bähnert sieht sich um. Keine Menschenseele. »Aber hier sieht's einsam aus! Ich bin doch nur gekommen, um zu sehen, wie schön se unser Ballhaus renoviert ham. Drinnen die Anekdotik mit dem ganzen Stuck und so.« Beide rütteln an der Tür. Die gibt plötzlich nach, die beiden schleichen durchs Foyer und gelangen in einen heruntergekommenen Ballsaal. Alles voller Staub. Frau Bähnert ist entsetzt. »Mein Gott, wie's hier aussieht. Hier hab ich doch noch vor kurzem getanzt – 1952 's letzte Mal.«

»Hier hattsch meine Jugendweihe – ooch zweeundfuffzsch.«

»Hier habsch meinen erschten Mann kennengelernt.«

»Den Herbert?«

»Herbert war doch nicht mein erschter Mann, mit dem war ich verheiratet. Nee, meine Jugendliebe war ein Pianist. Ganz Dresden, was sag ich, ganz Sachsen lag ihm zu Füßen. Dieser Mann war ein Gott auf dem Klavier. Ja, er beherrschte die goldene Note.« Frau Bähnert schaut verträumt, summt eine Melodie und wiegt sich dazu im Walzertakt. »Das war'n Mann, dor Günther Hörig, Herr Zieschong.« Sie bricht ab. »Dann kam erscht Herbert!«

Herr Zieschong studiert interessiert die alte Preistafel an der Theke. »Und da wollten Se heute wohl wieder nach 'nem Pianisten Ausschau halten. Na ja, wenn man so einsam ist wie Sie, Frau Bähnert.«

»Ich bin nicht einsam! Die alte Schrödern hat immer mit den Vögeln geredet, weil sie niemand hatte. Und wenn's Futter alle war – Sie wissen ja, 's Vogelfutter war knapp in der DDR –, da hat sie gesagt: ›Fliegt nüber zur Bähnerten, die is ooch alleene.‹«

Aus dem Bühnenprogramm »Ostalgie« (400 ausverkaufte Vorstellungen von Hamburg bis Görlitz; hier in Meißen)

Herr Zieschong betrachtet eine Wandzeitung. »Ja, da hat nu 1953 de Frieda Hockauf gesagt: ›So wie mir heute arbeiten, wird morgen unser Leben sein.‹ Und nu lassen se uns ne arbeiten. Mein Gott, wenn de Frieda am Ende nu recht hatte?«

»Ach, de Frieda – de Frieda – ich bin de Ilse!«

»Mit de Freunde ham mir uns hier im Klubhaus ab und zu getroffen. Und was wurde da gebechert!«

»De Russen, ja, die hatten immer Brand, wie de halbe Sowjetarmee.«

»Aber, Frau Bähnert, eens will ich Ihnen sagen. Durch de Bindung an den Westen ham mir de Verbindung verlorn – zum Osten! Was ham mir seinerzeit gefeiert: 8. März, 1. Mai, 7. Oktober – ach, mir fanden doch immer een Grund.«

»De Feiertage war'n aber ooch meistens materialistisch ... Heute gibt's Buß- und Bettag, Fronleichnam, Allerheiligen.«

»Eben – zu Feiern gibt's da nischt. Ständig muß mer sich betroffen fühlen. Meine Feiertage sind's ne, gefeiert hab ich bis 1991, dann standsch vor de Entscheidung: arbeitslos oder Vorratsstand.«

»Sehn Se, Herr Zieschong, da konnten Se 's erschte Mal frei wählen – nach verzsch Jahren!«

»O ja, das war freie Auswahl, aber 's mußte ja soweit kommen, mir war'n ja ma rode.«

»Was, Sie ooch?«

»Mir war'n alle ma rode.«

»Ne, Herr Zieschong, ich nicht – ich war nie eine Rote.«

Herr Zieschong nimmt eine auf einem Tisch stehengebliebene Tasse hoch, dreht sie in der Hand. Frau Bähnert schaut ihn nachdenklich an.

»Ach Sie, Sie haben's ja nich e mal bei Lebzeiten zu 'ner Frau gebracht. Sie – Sie Biersäufer, Sie!«

»Wer'n Se nicht glei giftsch. In meiner Brigade war'n eben nur verheiratete Frauen, und für was anderes hatte man ja keine Zeit. Versammlung, Parteilehrjahr, Wahleinsatz, Brigadetagebuch führen ...«

»Hör'n Se mir off mit die Brigaden! Da wurde doch bloß politisiert und geschult, das ganze Marxzeuch von der Mehrwertsteuer und so. Aber Sie war'n ja ganz verrückt droff. Herr Zieschong, Se hatten zwei Millionen Genossen, da brauchten Se doch jetzt eechentlich ne einsam sein.«

»Jeden Tag kam ich gern zur Arbeit, weil mir bei den Anstrengungen auch oft Spaß hatten. So war das, Frau Bähnert! Da war noch sowas wie Lebensinhalt. Da war ich ni so draußen vor der Türe wie jetzt. Jetzt ham mer Datenschutz, da erfährt keener, daß du Sorgen hast ...«

Frau Bähnert guckt Herrn Zieschong mitfühlend an. »Wissen Se, Se könn' eenen wirklich zu Tränen rühren.«

»Ich denke gerade nach, Frau Bähnert. Wenn ma eener von uns beeden stirbt – was wird'n dann aus mir?«

Adlershofer Fernsehabend

Frau Bähnert haut mit der Faust auf ihren Fernseher. Es rauscht und zischt. Aus dem Rauschen, Zischen und dem Schnee auf der Scheibe schält sich Bärbel Wachholz, die Ost-Valente der späten Fünfziger, heraus. Sie röhrt: »Dahamals, dahamals, damals war alles so schön ...« Frau Bähnert lehnt sich gemütlich in die Sofaecke zurück. »... doch wir waren viel zu juhuhung, viel zu juhuhung, um unser Glück ...« Frau Bähnert verdreht seufzend die Augen. »... zu verstehn ...« In dem Moment poltert es vor der Wohnungstür. Frau Bähnert hastet zum Spion und linst hindurch.

Im Hausflur werkelt Herr Zieschong mit Schrubber, Eimer und Bohnerbesen. Mit einem Ruck reißt Frau Bähnert die Tür bis zum Kettenanschlag auf und raunzt Herrn Zieschong an. »Jetzt hab ich Sie endlich ma erwischt – in flaccianti!«

»Aber, Frau Bähnert!«

»Se brauchen gar ni so scheinheilich zu tun!«

»Nu aber ...«

»Nich aber, ich hab's genau gesehn, wie Se mir Ihrn Dreck unter de Fußmatte jubeln wollten. Schämen Se sich denn gar ni, Sie ... Wer lernt Ihn' denn so was?«

»Ich – ich – ich hab Ihrn Dreck doch mit wegmachen wolln.«

Frau Bähnert zeigt hinüber zu Herrn Zieschongs Wohnungstür. »Mir braucht keener den Dreck nachräumen. Kehrn Se gefälligst vor Ihrer eigenen Tür ...« Herr Zieschong klammert sich am Besenstiel fest. »Mensch, sind Sie garstsch geworden. So warn Se doch früher ni. Denken Se denn nur noch schlecht von de Menschen?«

Frau Bähnert putzt verlegen mit dem Strickjackenärmel das Messingschild blank. »Na ja, das hat doch auch alles seine Ursachen, mei Guter ... Übrigens, was ich Sie schon lange ma fragen wollte. Könn' Se sich ni ausnahmsweise spaßenshalber ma meinen Rembrandt angucken?«

»Sie ham een Rembrandt!?«

»Nu freilich, warum ni. 's ham manche noch Sachen, wovon andre nischte ahnen ...«

»Is der escht?«

»Was ham Sie denn gedacht, denken Sie, ich hab een geborschten?«

»Ich meene, von wann is'n der?«

»Der Rembrandt? Von sechsunfuffzsch.«

»Sie ham een 56er Rembrandt?!«

Frau Bähnert nickt treuherzig. Herr Zieschong bohrt nach.

»Und – ham Se schon ma an Verkoof gedacht?«

»Um Gottes willen, nee. Den nimmt mir doch keener ab. Den Dürer – den konntsch ja noch verschenken, aber den Rubens – den habsch heimlich bei Kaditz in der Elbe versenkt. Da war's Bild schon e bissl vergilbt ...«

Herr Zieschong schüttelt den Kopf. »Een Dürer verschenkt, een Rubens versenkt, und den Rembrandt krieg'n Se ni los?«

»Nee, den würden nich emal de Tschechen nehm'n. Gucken Se nor ma an, ob sich's noch verlohnen tut.«

Sie schiebt Herrn Zieschong in Richtung Wohnzimmer. »Also, jetzt binsch gespannt wie e Flitzbochen ...«

»So, mei Bester, hier steht er.« Sie zeigt auf den Fernseher.

Herr Zieschong lacht schrill auf. »Das is der Rembrandt? Die olle Kiste!«

»Den müssen Se mit ›Sie‹ ansprechen ...« Nun haut auch

Herr Zieschong mit kräftigen Faustschlägen auf den Apparat. »Nee, da hilft nur eens ...«

Auf dem Bildschirm erscheint Lutz Jahoda. »Die Blasmusik von Kickritzbotzschen ...« Frau Bähnert langt den Globus von der Anrichte. »Das tät mich ja ma intressiern, wo das Nest liescht, wo der von singt ...«

»Das finden Se doch ne hier droff, dazu is das Ding viel zu kleene ...«

»... und de Welt viel zu groß.«

»Mensch, wie hieß der denn glei?«

»Is das ni der, der ooch mit Lutz und Liebe gemacht hat – später ...«

»Ja – nee, der Vicco Torriani – gloob ich ...«

»Nee, den kenn ich überhaupt ni.«

»Mensch, Se kenn' aber ooch gar keen'. Das war 'ne Legende, das war do damals der Bruder ...«

»... vom Jahoda?«

»Nee, von der Caterina Valente – na ja, ich komm jetz ni glei droff, wie der hieß. Ach, Herr Zieschong, ich mach uns jetzt erscht ma e schönes Tässel löslichen Nestkaffee.«

»Ach, egal der Westkaffee. Wenn ich ehrlich sein soll, für een Ostkaffee würdsch mei Vaderland verraten – das alte und das neue!«

Frau Bähnert flüstert. »Sie ooch, Herr Zieschong? Könn' Se schweigen? Ich hab noch e Viertel Rondo in mei Vertiko.« Sie fingert hinter den sauber im Vertiko gestapelten Tischdecken eine Blechbüchse mit der Aufschrift »Kaffee« hervor. Herr Zieschong flüstert zurück: »Und ich hab noch e Päckel Hansa-Kekse ...«

»Herr Zieschong, 's is ja wie im Frieden!«

Die Fernsehkamera tastet im alten Berliner Friedrichstadtpalast das Publikum der Uralt-Sendung »Da lacht der Bär« ab. »Gucken Se, Frau Bähnert, gucken Se, da sitzt der in der Ehrenloge. Der ...«

»Wer?«

»Na, der mit dem Amboß-oder-Hammer-sein, der ...«

»Goethe?«

»Nee, Frau Bähnert, der Ulbricht!«

»Hörn Se off mit Ulbricht!! Der hat uns Sachsen doch in der ganzen Welt unmöchlich gemacht!«

»Wieso??«

»De Kirchen weggesprengt, 's Berliner Schloß abgerissen, de Stasi offgebaut ...«

»Apropos Stasi, Frau Bähnert, habsch Ihn'n ma erzählt, daß ich seit 1984 nich mehr für de Hausgemeinschaftsleitung kandidieren durfte? Damals warsch doch der Spritzenmeester von de Betriebsfeuerwehr in de Bonbonfabrik.«

Frau Bähnert angelt sich eine Wolldogge aus ihrem Nähkorb, stülpt Herrn Zieschong die Wolle über die gespreizten Hände und beginnt, ein Knäuel zu wickeln. »Halten Se ma straff, Herr Zieschong!«

»Jetz habsch den Faden verlorn.«

Frau Bähnert hilft auf die Sprünge. »Spritzenmeester – Betriebsfeuerwehr – Bonbonfabrik.«

»Ja, und Cheforganisator von der großen Tombola für den Feuerwehrball. Wissen Se, was damals mei Hauptpreis war?«

»Drei gehäkelte Topplappen? Lassen Se de Hände oben!«

»Nee, een großes Fünf-Liter-Schraubglas mit der gesamten Kollektion ausm Stammkombinat von Zettizeitz. Und wissen Se, wer das gewonn'n hat – das Schraubglas? Von der Inge aus de Wache de kleene Nichte ...«

»Na und?«

»Mensch, die war aus München!«

»Na und?«

»Das lag damals im Westen.«

»Nu.«

»Die hat die gesamte Kollektion durchgenutscht. Verstehn Se! Das war doch Wirtschaftsspionage! Ham die gesagt. Verstehn Se? E kleenes Los in der Hand vom Klassenfeinde, und schon war ich drinne in der Stasimühle. Ab 1984 wurdsch keen Aktivist mehr der Sozialistischen Arbeit – daraufhin. Zum FDGB-Kongreß wurde ich ooch ni mehr delegiert, wo's immer die zwee schönen Frottétücher gab und de Kollegenmappe ...«

»... mit dem Vierfarbkuli.«

»... und de herrlichen Waschlappen für obenrum und unten.«

»Und de Meißner Honigkunst!«

»Kunsthonig!«

»Genau. Das härteste aber war – für mich persönlich, ich sag's ehrlich, das war de Kündigung.«

»Arbeitslos?«

»E, das gab's damals doch gar ni. Ich meene de Kündigung durch den Postzeitungsvertrieb. Ab 1984 bekam ich mein Eulenspiegel mit der Funzel ni mehr zugestellt.«

Frau Bähnert läßt vor Entrüstung das Knäuel auf den Boden fallen. »Is doch ni de Möglichkeit!«

»Und ich hab de Funzel so nötsch gebraucht!« Herr Zieschong zwinkert Frau Bähnert anzüglich zu.

»Moment mal, ich hab da noch was!« Frau Bähnert springt auf, schiebt im Vertiko die geerbte Ludwig-Börne-Gesamtausgabe mit Goldschnitt beiseite und zaubert eine Flasche Gotano-Wermut hervor, stellt auch zwei Weingläser vor Herrn Zieschong auf den Couchtisch. »Hier, ein Trösterchen. De Flasche is noch von Ihrer Brigade zu mei'm sechzigsten. Prösterchen!«

Aus dem Fernseher ertönt ein mitreißender Rhythmus. Herr Zieschong singt im Duett mit Helga Brauer: »Alle tanzen Lipsi, immer wieder Lipsi!« Dann hüpft er durchs Zimmer. »Das ist so ein Rhythmus, bei dem jeder mit muß! Alle jungen Leute rufen voller Freude: Ja, das ist doch endlich mal ein neuer Tanz!«

Herr Zieschong gerät in Ekstase.

»Sag'n Se ma, Herr Zieschong, bei Ihnen piepts wohl... Se sin ja gar ni mehr bei sich. Se sind ja im Trance. Das kommt alles von dieser englischen Hotten-Doten-Musik.«

Herr Zieschong zieht Frau Bähnert vom Sofa. »Machen Se mit, das is e Rhythmus, bei dem jeder mit muß.« Frau Bähnert versucht zu tanzen.

»Tanzen soll'n Se, Frau Bähnert. Ni Schlangen beschwörn!«

Frau Bähnert verrenkt sich weiter. »Ich kann jetz ni offhör'n, Herr Zieschong. Ich hab jetzt endlich Mut zur Aufarbeitung.«

»Wie?«

»Ich leiste Trauerarbeit!«

»Warum denn beim Tanzen?«

»Herr Zieschong, der Lipsi war unsre Antwort auf den Rock'n Roll aus Amerika. Lipsi aus Leipzsch!«

Die Lampen wackeln. Frau Bähnert läßt sich aufs Sofa plumpsen. »Menschenskinder, meine Beene, die machen ooch ni mehr so mit, wie se solln.«

Herr Zieschong deutet auf Frau Bähnerts Kamelhaarpantoffeln.

»Wenn ich ma ehrlich sein, soll, mit den Quadratlatschen könntsch ooch ni stepp'n. Die sind do älter als de Greifensteene...«

»Herr Zieschong! Die ham de Zeiten überdauert, in denen wohn ich...«

»Nu, in den Elbkähnen könn' Se sogar wenden...«

»Wenden?? Wenden tu ich mer ni mehr! Die Latschen habsch vom Herbert 1961 zum Frauentag als Dankeschön vom DFD gekriecht... Das is echtes veredeltes Kamelhaar – nich aus Taiwan! Die ham sich im Laufe der Jahre mein'n Hufen angepaßt.«

»Ja, de Sechziger. Das warn noch Zeiten. Da ging's bergoff.«

»Ja.« Frau Bähnert singt. »Dahamals, dahamals ... das war herrlich.«

»Nu, so herrlich war's damals nu wieder ne ...«

»Euja. ›Damals‹ – das war herrlich.«

»Wieso war's damals herrlich?«

»Es war ni damals herrlich, Herr Zieschong, sondern das ›Damals‹ war herrlich.« Sie singt weiter: »... doch wir waren viel zu juhuhung, viel zu juhuhung ...«

»Achso, könn' Se doch glei sagen, daß Se den Hit von der Bärbel Wachholz meenen.«

»Mensch, die konnte singen damals. Und wie fischelant se aussah ...«

»... und een weißen Dadra hat se gehabt.«

Frau Bähnert gießt Gotano nach. »Un de schönen Fernsehsendungen – Da lacht der Bär und der Gänsebraten zum Frühstück immer Weihnachten und der, der immer die schönen Märchen erzählt hat. Wie hieß der noch ma?«

Herr Zieschong kratzt sich am Kopf. »Krustschopf?«

»Nee, der Märchenerzähler aus Adlershof. Da habsch doch beinahe geheult, als der gestorben war. Schnippler ... Schnappler ... Sch ...«

»Schnitzler!«

»Nee, bei dem konnt' mer doch bloß vor Wut offheulen ... Mensch, dor Schnippel – die Schnappel – die Scher – der Meister Nadelöhr!«

Frau Bähnert seufzt auf. »Ach ja. Prost.«

Beide nehmen einen tiefen Zug Gotano. Herr Zieschong greift ins Fach unter der Tischplatte und zieht eine Zeitung hervor, blättert ein bißchen. »Nu, horchen Se ma droff, Frau Bähnert. Ich wer verrückt in de Birne, was hier alles drinne steht. ›Wir suchen: Kraftfahrer, Schlosser ...!‹ und sogar een

Hausmeester!« Frau Bähnert nimmt ihm die Zeitung aus der Hand.

»Sehn Se, Sie oller Schwarzmaler, Sie, sieht doch gar ni so schlecht aus off'n Arbeitsmarchte. Schreibn Se glei: Bezugnehmend off Ihre Anzeige vom 31. März 1964 ...«

Herr Zieschong reißt ihr die Zeitung weg, zerknüllt sie und wirft sie in die Ecke. Beide schweigen. Im Raum hört man nur das Ticken von Frau Bähnerts Büfettuhr.

Herr Zieschong sinniert. »Meene Herrn, wie de Zeit vergeht. Irgendwie vergeht de Zeit heute viel schneller ...«

Frau Bähnert nickt weise. »Ja, obwohl ich heutzutage viel langsamer de Treppe nuffkomme.«

»Zeit heilt alle Wunden!«

»Aber Narben bleiben, Herr Zieschong, die bleiben. Zu Herberts Lebzeiten habsch 'n manchemal ins Grab verflucht ... und wie er denn das Zeitliche gesechnet hatte, hat mir doch irschenwie was gefehlt ...«

»Mir fehlt ooch was – der Zeitgeist!«

»Der Zeitgeist? Fang'n Se ooch noch an, de Welt verändern zu wolln? Se wissen doch: De Welt in ihrem Lauf, halten weder Ochs noch Esel auf – so hat's der Erich gesacht ...«

Herr Zieschong strafft sich. »Frau Bähnert. Bis jetzt wurde die Welt nur verändert, es kommt aber jetzt darauf an, se verschieden zu interpretieren!«

»Kommt Zeit, kommt Rat ...«

»Sach ich doch. Mir brauchen een, der das Rad der Geschichte anhält, der so e bissel in de Speichen greift, damit mer Zeit ham, alles in Ruhe offzuarbeiten und 's endlich wieder vorwärts geht.«

Frau Bähnert winkt ab. »Herr Zieschong, ich brauch in diesen Leben keen starken Mann mehr!« Sie rückt näher an ihn heran. »Höchstens een geschickten ... mit 'ner Handwerkerseele ... und een Herz für was Altes.« Herr Zieschong guckt indigniert. »Frau Bähnert, Frau Bähnert!« Sie rückt von ihm ab.

»Aber, Herr Zieschong, was Sie glei wieder denken.« Sie kichert. »Ich meen doch ... der könnte meene alte Uhr richten, damit ich ooch wieder mit der Zeit gehn kann ...«

»Ham Se 's schon ma mit'n Uhrmacher versucht?«

»Bei den Preisen heute!? Der nimmts ja von de Lebendigen!«

»Ich guck's mer schon ma an, wennsch Zeit hab. Aber das alte Chronometer riecht ja noch nach'm Kaiser!« Er tippt auf seine Armbanduhr. »Mit meener kann mir nischte passieren, die is noch im Klassenkampf gebaut und übersteht die Stürme der Zeit. Is ebend Ruhla – made in GDR ... Was is's nu eechentlich mit dem Tässel Rondo?«

Frau Bähnert klopft sich an die Stirn. »Mein Gottel, das habsch ja fast vergessen – das is mei Altersheimer! Ich setz Wasser off, und derweil könn'n Sie sich weiter um de Hausordnung kümmern.«

»Eigentlich sind Sie mit der Treppe dran, Frau Bähnert.«

»Ich?? Niemals ni! Ich bin mittwochs dran.«

»Heute is Mittwoch!«

»Machen mer se ebend beede ...«

»... nich! Ich hol de Hansa-Kekse!«

Frauentagträume

Noch im Morgenmantel blickt Frau Bähnert aus dem Fenster auf die Straßenbäume hinab. Trüber Dunst hängt über der Stadt. Die Büfettuhr schlägt halb zwölf. Frau Bähnert schlurft in die Küche und reißt das obere Kalenderblatt ab. Das folgende verkündet den 8. März.

»Ooch das noch.«

Frau Bähnert nimmt die Plastegießkanne mit dem eingepreßten Preis »0,56 M« und gießt ihre reichliche Alpenveilchensammlung – **40 STÜCK!** Da klingelt es. Frau Bähnert schleicht zur Wohnungstür, lugt durch den Spion und erschrickt.

»Und das ooch noch.«

Dann flitzt sie ins Schlafzimmer, wirft den Schlafrock ab, streift sich in Windeseile den engen schwarzen Rock und einen Lurex-Pullover von Woolworth über, schlüpft in ihre beste Dederonschürze und ist im Nu wieder an der Wohnungstür. Sie atmet durch und öffnet. Draußen steht Herr Zieschong – rasiert und mit Krawatte – und räuspert sich.

»Liebe Frau Bähnert!« sagt Herr Zieschong feierlich und deklamiert.

»Sie haben geschuftet, Sie haben gerackt,
warn Trümmerfrau, ham angepackt.
Sie räumten Asche weg und Schutt,
damit sich's jetzt gut leben dut.
Drum ehre ich Sie heut' mit Dank.
Holn Se schnell 'n Untersetzer aus'm Schrank.«

Frau Bähnert ist richtiggehend gerührt, fast scheint es, als würden ihre Augen feucht.

»E Alpenveilchen! Ne, was für 'ne Überraschung, Herr Zieschong. Mei Herbert hat ooch jedes Jahr gesagt: ›Ilse, heute is der 8. März, hier haste de fünf Mark, koof dir e Alpenveilchen.‹ Aber mal ganz ehrlich, manchmal hätt' mer sich ne andre Blume gewünscht.«

»Gab's denn was andersch? Und überhaupt, Frau Bähnert, 's Alpenveilchen gehört zum 8. März wie de rote Nelke zum 1. Mai. Zu Ehren des Frauentags lad ich Sie heute zum Essen ein, bei mir. Bringen Se aber 'n Teller mit. Ich wasch ni ega off.«

Frau Bähnert angelt einen Teller aus dem Abwasch, wischt einmal mit dem Lappen darüber, trocknet ihn ab und folgt Herrn Zieschong in seine Junggesellenwohnung.

»Mit Goldrand, Herr Zieschong. Mor hat sich eben früher was leisten können. Obwohl's in Ihrer Bude ni nötsch wär.«

»Nehmen Se Platz, Frau Bähnert. Ich bin in 'ner Stunde fertsch. Zu Ehren des Frauentags mach ich uns nach'm Kochbuch Saßnitzer Seemannsgarn überbacken.«

»Was? Garn? Das schmeckt doch ni!«

»Das heeßt bloß so. Das is mit Bückling und Gemüse oder so. Brokoli, sieben Mark neunundfuffzsch pro Kilo.«

»Nu, was denn nu, pro Kilo oder pro Koli?«

»Machen Se mich ni verrückt, Frau Bähnert. Ich muß mich konzentriern. Sie brauchen ni zu helfen. Dafür sind Se aber auch ruhig. Bei uns war's früher üblich, daß de Männer ...«

»Ja, ja, eenmal im Jahr, zum Frauentag.« Frau Bähnert verdreht verzückt die Augen in süßer Erinnerung, dann gibt sie sich einen Ruck. »An dem Tag hat der Erich ooch immer de Clara-Zetkin-Medaillen verteilt, und die armen Frauen mußten dann mit den alten Kerlen vom Politbüro tanzen.«

»Junge war'n nu mal ni drinne, Frau Bähnert. Aber immerhin. Oder ham Sie schon mal gehört, daß der Helmut Kohl am 8. März Clara-Zetkin-Medaillen verteilt?«

»Nee, der ni, da ham Se recht.«

»Aber bei uns gab's das eben. Und de richtsche Gleichberechtigung dazu.« Herr Zieschong tippt auf einen Zettel voller Fettflecken, der auf dem Küchentisch liegt. »Hier hattsch mir alles offgeschrieben für de Frauentagsfeier 1990. Ich durfte doch immer de kleene Rede halten, bevor de Kollegen unsern Frauen off de Feuerwache den Kaffee eingegossen und den Kuchen serviert ham. Selbstgebackenen. Den Teerweg-Jürgen seine Frau ihr Frankfurter Kranz schmeckte immer am besten. Drei Kränze hat se immer für unsre Feier gebacken, daß der Jürgen den für de Frauen mitbringen konnte.«

Herr Zieschong pult den Bückling aus der Folie. »Über neunzsch Prozent unsrer Frauen war'n berufstätig.«

»Mußten arbeeten, könn' Se ooch sagen, Herr Zieschong.«

»Nee, nee. Wo geht denn de Gleichberechtschung los? Bei'n Arbeiten. Und dann, Moment, hier steht's off den Zettel: Jeder dritte Bürgermeester war 'ne Frau und jeder dritte Schuldirektor ooch.«

»Das kann schon sein. Aber drüben sagen die, de Frauenarbeit macht de Familien kaputt.«

»So? Deshalb gibt's dort wohl ooch so viel Simpels! Und, Frau Bähnert, achtunddreißsch Prozent der Abgeordneten waren Frauen.«

»De Abgeordneten hatten alle hundert Prozent nischt zu melden. Nee, mir Frauen hatten schon damals ni viel zu sagen.«

»Daß ich ni lache! Grade Sie! Ihr Herbert würde sich totlachen, wenn er ni schon unter der Erde liechen täte. Sie und nischt zu sagen, nee, so was!«

»Na gut, beim Herbert vielleicht. Aber ich meene de große Politik. Selbst der Erich hat kurz vor de Wende gesagt, daß de Ergebnisse der Gleichberechtigung mehr als bescheiden waren. Jawohl, das hat der gesagt. Wissen Se, wieviel Frauen im Politikbüro saßen?«

»Na ... ungefähr ...«

»Gar keene, Herr Zieschong, gar keene. Und wieviel Minister?«

»Bloß de Margot.«

»Genau.«

»Aber der Herr Biedenkopp hat ooch bloß eene Frau in seiner Regierung.«

Zu Dreharbeiten in der Schloßküche …

»Und eene zu Hause, macht zusammen fünfe. In Bonn sitzen sogar schon mehrere Frauen in der Regierung. Und wahrscheinlich bügeln de Minister und der Kanzler ooch ihre Hemden selber, wenn se vom Regieren heemekommen. Die reden bloß ni soviel dadrüber.«

Herr Zieschong läßt vor Entrüstung beinahe den Kochtopf fallen. »Machen Se jetzt Mist, Frau Bähnert, oder meenen Se das ernst?«

»Aber, Herr Zieschong, na klar wolln die uns Frauen lieber am Kochtopp haben. Früher warn fast alle Frauen off Arbeit, durften an de Automaten ...«

»Noch nie durften de Frauen an so vielen Automaten arbeiten wie jetzt, Frau Bähnert.«

»Was?«

»Waschautomat, automatischer Wäschetrockner, Geschirrspülautomat, Brotschneideautomat, automatischer Toaster – und das mit'm Kochtopp stimmt ooch ni so, wie Sie's sagen. In der Bundesrepublik sind zum Beispiel hun-

... von Schloß Wesenstein

dert Prozent aller Friseusen, Köchinnen und Krankenschwestern Frauen – aber nur 65 Prozent der Arbeitslosen!«

»Veräppeln Se mich ni, Herr Zieschong! Sie kochen keen Seemannsgarn, Se erzähln welches.«

»Spaß beiseite. Aber daderfür haben mir jetzt überall Gleichstellungsbeauftragte, die sorgen ganz energisch derfür, daß jedes Jahr schöne Broschüren auf Glanzpapier rauskommen. Das hatten mer in der DDR ni. Da war schon's Klopapier knapp.«

»Komisch, früher hatten beede – Mann und Frau – Arbeit, aber trotzdem hat's mit der Gleichberechtigung ni so geklappt.«

»Und jetzt probiern Se's umgekehrt, wenn se beede keene Arbeit ham.«

»Dabei wär's doch eechentlich so einfach: De Hälfte der Menschen sind Frauen, also müßten ooch de Hälfte der Minister und so Frauen sein. Mir Frauen solln doch de ganze

Wirtschaft in der Familie erledigen. Da könnten se doch mal 'ne Wirtschaftsministerin einstellen.«

»Um Gottes willen, Frau Bähnert! Da müßte doch der ihr Mann derheeme de Hauswirtschaft machen. Nee, das geht ni.«

»Aber eenen Vorteil hat das, wenn de Frauen ni viel zu sagen ham. Dann sind nämlich von vornerein fuffzsch Prozent des Volks ni dran schuld.«

»Wodran?«

»Na, an diesem nationalkapitalistischen Deutschland.«

Herr Zieschong hat inzwischen eine Auflaufform aus der Backröhre des Herdes gezogen und auf den Küchentisch gehievt. »So, jetzt wolln mer erschte mal essen, Frau Bähnert.«

Frau Bähnert stochert in der Schüssel herum. »Herr Zieschong, das is keen Seemannsgarn, das sind zermatschte Quallen. Wer soll denn das runterkriechen? Wie oft haben Sie denn das schon gekocht?«

»Noch ni so oft, so etwa ... zum erschten Mal. Aber mir müssen ja ooch ni egal weg essen. Das is gar ni gesund. Wissen Se was, Frau Bähnert, hier off den Zettel steht als Punkt 3 des Frauentages: Besuch der Gemäldegalerie. Ich lad Sie derzu ein. Das sind ooch sinnlichere Genüsse wie's Essen.«

»Muß das sein, zu die nackichten Kerle off de Bilder? Daderfür bin ich zu alt.«

»Es sind doch ooch angezoochene derbei. War'n Se überhaupt schon mal in der Galerie?«

»Ja, früher, mit'm BDM ... eben mal flüchtig.« Frau Bähnert kichert. »Mir sind mit denen von de HJ geflüchtet, glei um de Ecke ins Kino. Karl-Heinz hieß er.«

»Frau Bähnert, das is kulturelles Erbe. De echten Rembrandts und Dürers und Rubense, und dann Lukas Kranich, die sextümliche Madonna und so, das müssen Sie sehn im

Leben.« Herr Zieschong kippt das Seemannsgarn in die Toilette ...

Frau Bähnert hat den abgelegten Mantel von Hedwig aus Düsseldorf angezogen, den guten für sonntags, und ihr ewiges Hütchen aufgestülpt. Herr Zieschong trägt in diesem Frühjahr einen Kamelhaarulster aus dem Jahre 1966, mit dem er einst Monika, seine Jugendliebe, zum Traualtar führen wollte. Das scheiterte damals daran, daß Monika nach dreijähriger Verlobungszeit mit Herrn Zieschong überstürzt einen Gasklempner heiratete.

An der Kasse der Gemäldegalerie herrscht Gedränge. Ein Bus ist gekommen.

Herr Zieschong zieht sein Portemonnaie. »So, Frau Bähnert, jetzt geht's nein in de Kultur. Was? Sind'n die verrückt? Sieben Mark Eintritt! Das war doch früher viel billiger.«

»Ja, das is unser kulturelles Erbe, Herr Zieschong. Da bezahln mir nu de Erbschaftssteuer.«

Unsre Vitamine: Rotkohl und Weißkohl

»Das is unverschämt, is das! Unverschämt! Wissen Se was, Frau Bähnert? Da machen mir ni nein. Da drüben ist een Souvernirstand mit Kartenkästen. Da drehn mir eenmal am Ständer herum. Komm' Se, da spar mor uns de echten Bilder.«

Sie eilen hinüber zum Buchstand. Herr Zieschong beginnt zu blättern.

»Hier gucken Se nur, Frau Bähnert. De Heilige Familie, scheene, was?«

»Die hatten aber ooch bloß een Kind, Herr Zieschong. Jedenfalls hört mersch ni andersch. Wenn de Maria und der liebe Gott mehr Kinder gehabt hätten, wär's vielleicht jetzt besser. Der eene eenzsche Jesus hat's ja beim besten Willen ni alles alleene schaffen können. Übrigens, Herr Zieschong, neulich habsch gelesen, de Wissenschaft hat rausgekriegt, daß der Herr Jesus im Jahre 4 vor Christi Geburt zur Welt gekommen ist. Können Sie sich denken, wie der das gemacht hat?«

»Nee. Früher wär das einfacher gewesen, da hätten mir sagen können: im Jahre 4 vor der Zeitrechnung. Da wär's gar ni offgefallen. Aber wenn die nu unbedingt wieder ›vor Christi Geburt‹ sagen wollen, da muß er eben vier Jahre vor sich selber geboren sein. Gucken Se mal lieber hier: ›Saskia mit der roten Nelke‹. Menschenskinder, warum haben mir denn das früher ni zum 1. Mal offgehängt?«

»Und hier, is das ni Dresden? Na klar, von Canalotto. Da steht de Frauenkirche noch.«

»Nu, Frau Bähnert. Das Bild is doch von vor'n Krieg.«

»Was? So altes Zeuch hängen die in so eene berühmte Galerie? Können die sich nischt Neues leisten? Das is doch der blanke Geiz!«

»Gucken Se hier, das hübsche Schokoladenmädel!«

»Is die etwa ooch von vor'n Krieg?«

»Freilich.«

»Na, meinswechen ... Adam und Eva, Jakob und Rahel,

Frierend bei Drehpause auf Schloß Wesenstein

Pan und Sy ... Syrinx, komische Namen haben die. Herr Zieschong, fällt Ihnen da was off?«

»Nee.«

»De Männer stehen immer zuerscht. Das is mir schon bei de Märchen offgefallen. Ich hab nämlich gerne welche gelesen, vor der Rente, als ich noch mehr Zeit hatte.«

»Märchen? Mir langt schon, was de Politiker uns vor den Wahlen erzählen.«

»Das is ni dasselbe. In de Märchen kommen nämlich am Ende de kleenen Leute zu ihr'n Recht. Kommen die das etwa nach der Wahl?«

»Eja.«

»Sehn Se. Aber ooch bei de Märchen is das so: Da gibt's Hänsel und Gretel und ni Gretel und Hänsel. Und da reden die vom Fischer und sin Fru und ni von der Fischern und der ihr'n Mann.«

»Wem tut das weh?«

»Mir. Merken Sie denn nischte? Sie kapiern so langsam

wie e richtscher Mann. Das is ne Männergesellschaft, Herr Zieschong, die geht bis ins kleenste Design. Das is ooch im Theater so: Romulus und Julia, Christian und Isolde, Orpheus und Ulrike ...«

»Mein Gott, woher wissen Sie denn das alles?«

»Da war manchmal so eene vom Theater bei uns im DFD, die hat dadrüber geredet.«

»Was? Sie war'n also doch im DFD! Sie behaupten immer, Sie wär'n keene Rote gewesen!«

»War ich ooch ni. Beim DFD haben mir doch bloß gehäkelt und gebatikt, und manchmal hat uns dabei jemand was erzählt.«

»Von wechen! Ihr Häkelverein saß in der Volkskammer!«

»Besser in der Volkskammer als in der Kneipe, wie Sie,

Drehpause während der Arbeit an Ostalgie Nr 4: Günters Kleingartenträume 1994 – Durch Günters Kleingarten führt die neue Autobahn

Herr Zieschong. Und außerdem saß ich nie in der Volkskammer.«

»Ich saß ooch ni im ZK, und trotzdem halten Sie mir dauernd vor, daßsch in der Partei war.«

»Nu werden Se doch ni glei politisch, bloß weil ich mal sag, wie's is. Wissen Se, das ganze Kunstzeuch bringt eenen bloß off dumme Gedanken. Ich hab Hunger. Jetzt lad ich Sie zum Essen ein. Oder ... warten Se mal ... hatten Sie ni früher de Brigadekasse unter sich? Ham Se die noch?«

»Klar, denken Se, die hättsch der Treuhand in den Rachen geschmissen.«

»Na, dann geben Se jetzt mal eenen aus zum Frauentag.«

»Aber, Frau Bähnert, da sind doch keene Westmark drinne.«

»Warum heben Se denn um Himmels willen das Aluminiumzeuch noch off?«

»Mer weeß nie, wie's mal kommt!«

»Na scheen, da bezahl ich mei Festmahl eben selbst. Komm' Se. Marsch!«

Engel und Engels Enkel

Es ist Weihnachten. Frau Bähnert zündet am Baum eine Kerze an. Dann geht sie zum Büfett, öffnet eine Schranktür, zieht einen Packen Tafeltücher heraus. Da steht es – das Päckchen Rondo! Frau Bähnert greift nach dem Päckel, da tritt ihre innere Stimme in Aktion und warnt: ›Ilse! Tu es nicht. Es ist dein letztes!‹ Frau Bähnert winkt ab, sie reißt die Packung auf, schnuppert, verdreht genießerisch die Augen. Die innere Stimme raunt: ›Es ist dein letztes!‹ Frau Bähnert greift zur Kaffeemühle, füllt Kaffee hinein, beginnt zu mahlen. »Es ist schließlich Weihnachten! Vielleicht oh mei letztes.«

Dann stellt Frau Bähnert die Mühle beiseite, nimmt einen Blecheimer und eine Taschenlampe und steigt von ihrer Wohnung in den Keller hinab. Der Lichtkegel erfaßt Einweckgläser, Gerümpel und einen Kohlenhaufen. Frau Bähnert greift zur Kohlenzange und läßt Brikett für Brikett in den Eimer plumpsen. Dabei ertönt ein Knurren und Maulen aus Frau Bähnerts Mund. »Heiligabend für den Zieschong ooch noch Kohlen schippen, nee, nee, nee.« Die innere Stimme wiegelt ab. ›Dafür hast du jetzt Gasheizung, Ilse! Der Zieschong geht erscht 1999 ans Netz! Und er nimmt dir de Kohlen kostenlos ab. Da hat er 'ne Extraportion zu Weihnachten verdient!‹ Frau Bähnert betrachtet ihren Kohlenhaufen. »Vielleicht solltsch doch noch e paar Kohlen behalten. Wer weeß schließlich. Wenn's mal wieder andersch kommt.«

Derweile schleppt Herr Zieschong zwei Weihnachtsbaumstrünke das Treppenhaus hinauf. Er murmelt vor sich hin. »Das sind ja zwee elendige Krücken. Soweit mußte es ja nu kommen: Früher gab's keene anständschen Bäume, und heute kannste dir keene leisten. Aber, Günther, hör off zu barmen, dafür schenkt dir de Bähnerten Weihnachten Kohlen.«

Er astet die Bäume in seine Wohnung, um sie dort zusammenzubinden und mit sechs elektrischen Lichterketten zu versehen. Dann steckt er die Stecker in die Dose. Der Baum sprüht Funken. Augenblicklich verlischt im gesamten Haus das Licht.

Frau Bähnert hat soeben mit dem Kohleneimer das Treppenpodest erreicht und flucht laut. »Herr Zieschong, Ihre Kohlen! Ob Se mich mal geleiten täten? Meine Herren, alle Jahre wieder. Wie oft habsch Ihnen verkündet: Feiern Se Weihnachten ni elektrisch!«

Herr Zieschong öffnet die Wohnungstür, steht im Rahmen mit einer Kerze in jeder Hand wie ein hölzerner erzgebirgischer Lichtermoo. »Frohe Weihnachten, Frau Bähnert!« Frau Bähnert stellt den Eimer ab. Herr Zieschong öffnet den Sicherungskasten und wechselt eine Sicherung aus. Das Licht geht wieder an.

»Frau Bähnert, ich bin nu mal ein gelernter Feuerwehrinspektor.«

Frau Bähnert schleppt den Eimer zum Ofen und wirft sich erschöpft in Herrn Zieschongs Sessel. »Frau Bähnert, meine guten Schonbezüge!«

»Ei Gott, entschuldschen Se vielmals.« Frau Bähnert reißt die Schonbezüge herunter und läßt sich in den goldgelb bezogenen Sessel fallen. Sie fröstelt. »Se ham noch nich e mal gefeuert!«

»Ich hab ja off Sie gewartet, Frau Bähnert. Se sind spät dran. Und vielen Dank für das schöne Weihnachtsgeschenk. Das wiegt mehr als Worte.«

»Das kann man wohl sagen, mei guter Herr Zieschong.«

Frau Bähnert hockt sich vor die Ofentür. »So, während ich anfeuer', putzen Sie'n Boom fertsch!«

»Nehmse Bohnerwachs aus de Küche. Mei Kohlenanzünder is ausgegangen. Und wenn Se schon mal in de Küche sind, können Se sich ooch glei über unsern Kartoffelsalat hermachen. De Ingridenzschen steht offn Offwaschtisch. Aber ni gar so rumorschen!«

Frau Bähnert antwortet aus der Küche. »Aber ohne Sparen. Es is Weihnachten, wenigstens eenmal im Jahr willsch mich bei Ihnen sattessen!«

Herr Zieschong hängt eine Kugel auf. »Frau Bähnert, geht Ihnen das ooch so: Irgendwie kommt mor von Jahr zu Jahr immer später in Weihnachtsstimmung. Das macht der Hektik und die Streß.«

Frau Bähnert kommt in die Stube zurück, hockt sich zu

Herrn Zieschong aufs Sofa, auf dem mehrere Zierpuppen plaziert sind. Sie streicht Herrn Zieschong und den Puppen über die Köpfe. »Für de Puppen brauchen Se sich nich zu schämen, so e großer Kerl. Ich hab's ja schon immer gesagt, erscht neulich wieder, als de Döring wieder über Sie herziehn wollte – in unflätiger Manier übrigens. ›Frau Döring‹, habsch gesagt, ›lassen Se mein Günther in Ruhe, der hat e gutes Herz.‹«

Herr Zieschong zupft verlegen an einer Puppe. »Wissen Se, wenn mor egal alleene is, da erinnert man sich an de Kindheit. Bei mir is das Weihnachten.«

»Bei mir ooch, ich spiel dann immer mit'n Herbert seiner Eisenbahn. Wissense, wie oft mir dor Herbert 'n Weihnachtsmann gemacht hat ...« Frau Bähnert reißt sich zusammen. »Den Salat mit oder ohne? Mit Gurke oder ohne?«

»Na, mit. Eh, machen Se nur, wie Se wollen.«

»Sagen Se mal, Herr Zieschong, wieviel Jahresendabschlußlichterketten ham Se denn?«

»Sechse.«

»Sechse?«

»Na, 's gab doch nischt!«

»Stimmt, man mußte sich ja eindecken. Der Überfluß an Mangel hatte ar ooch sein Vorteil. Heute gibt's ja alles. Furchtbar!«

»Und eens wollen mir mal festhalten: Sechs mal Christbaumbeleuchtung, das konnte sich ja drüben gar keener leisten – in dieser Leistungsgesellschaft.«

»Genau, heute herrscht ja Mangel.«

»Mangel an Mangel.«

»Mangelgesellschaft. Gucken Se mal, für die hier mußte ich meine fünfzehn Jahre alte Lada-Anmeldung opfern und – mit ohne Wertausgleich!«

Frau Bähnert lächelt schelmisch. »Sie hatten ja schon e Lada.«

Herr Zieschong winkt ab. »'s gab ja alles.«

Frau Bähnert erscheint mit der Schüssel in der Tür. »Mit Heringshäckerle und Erbsen oder mit Anchovis und Kapern?«

»Ach, machen Se, wie Se denken.« Herr Zieschong kippt ein Schnäpschen. »Frau Bähnert, aber Mayo muß ran!«

Frau Bähnert quetscht die Mayotube über der Waschschüssel mit dem Salat aus. Herr Zieschong erscheint zur Gütekontrolle. »Ich will mich ja hier ni einmengen ...« Er kostet.

»Bitte!? Ich hab Sie doch extra gefragt, und was ham Sie geantwortet?«

»Machen Se mal, wie Se denken. Ganz genau, wie Sie denken.«

»Ich kenne doch Ihren Geschmack nich. Der ändert sich doch ooch stündlich. Von Jahr zu Jahr.«

»Is schon gut, wenn de Kartoffeln dran sind, verteilt sich's ja e bissel. Es is doch Weihnachten, da wolln mir uns ni streiten.«

»Sag ich doch. Es wird bestimmt noch was ganz Leckerfäzzsches! Und wo stehn de Kartoffeln?«

»Also jetzt mal stop. Ich gebe de Zutaten. Sie besorgen das Grundmaterial. So war's ausgemacht.«

»Seit Jahr und Tag mähr ich in Ihrer Buchte Weihnachten den Kartoffelsalat zusammen, wovon ich sowieso kaum was sehe, alter Gierschlund, Sie!«

»So, und wer hat an Totensonntag bei mir zwanzsch Puffer hintergeschlungen, für nischt und wiedernischt?«

»Mei guter Herr Zieschong, niemand könnte behaupten, Sie seien nachtragend, was?«

»Nachtragend nich, aber ich vergeß ooch ni ganz.«

Frau Bähnert schreit auf. »Gans! Die hättsch beinahe ganz vergessen!« Sie klappt die Backofentür auf, zieht den Braten hervor und übergießt ihn mit Fett.

»Setzen Se sich rein, Frau Bähnert. Den Rest servier ich.«

Frau Bähnert geht ins Wohnzimmer, setzt sich an den festlich mit dem Porzellan von Zieschongs verstorbener Mutter gedeckten Tisch. Herr Zieschong trägt die Waschschüssel herein und stellt sie mitten auf die Tafel. Frau Bähnert ist empört. »Wie sieht denn das aus?«

»Wollen Sie Heiligabend abwaschen?«

»Nee!«

»Na, sehn Se!«

Dann geht Herr Zieschong zur Schrankwand, nimmt ein Bild heraus und hält es sich vor den Bauch.

»Frau Bähnert, ich hab auch e Extra-Geschenk für Sie.« Das Bild zeigt die schlafende Venus. Herr Zieschong winkt beschwichtigend ab. »De richtsche Bescherung machen mir ja noch.«

Frau Bähnert guckt skeptisch auf das Bild. »Ach, du lieber Gott, das ist ja schrecklich. Ich meine, das ist ja schrecklich, daß Sie das wegschenken wolln. Wär's ni besser, Se täten sich das selber hinhängen?«

Herr Zieschong nimmt eine gerahmte Urkunde von der Wand und hängt das Bild an den Nagel.

»Man muß es hängen sehn. Außerdem, Frau Bähnert, ich hab's extra für Sie gemalt, weil Se doch nischt Gescheits in Ihrer Stube hängen ham. Ich war nämlich im Malzirkel. Mir hatten doch früher de Kultur im Betrieb: Malzirkel, Tanzzirkel, Arbeiteroper, Theatergruppe ...«

»Ham Se etwa ooch Theater gespielt?«

»Nu klar.«

»Richtsche Rollen?«

»Freilich. Die zwee Schauspieler, die das geleitet ham, die sagten immer: de stummen Rollen sind de schwersten, da mußte de ganze Mystik in de Gusche legen. Der eene hat e paarmal zu mir gesagt: Günther, du guckst wieder total echt. Meine größte Rolle war der Lenin.«

»Stumm?«

»Nee, dot. Stelln Se sich das vor: das erleuchtete Mauseleum. Dadrinne ich off de Bahre. Ich hab alles neingelegt, ich hab Lenin alles gegeben.«

Frau Bähnert seufzt. »Ach ja, damals hatten mir sozusagen Kultur kostenlos an der Basis. Heute können mir uns Theater und so'n Zeug ni mehr leisten. Ich war im Zirkel schreibender Rentnerinnen. Ach ja. Aber mir wollen froh sein, daß mir jetzt wieder Weihnachten feiern dürfen, wo's doch unter den Kommunisten verboten war.«

Herr Zieschong will etwas sagen, winkt dann aber resignierend ab. Frau Bähnert nimmt ein Schlückchen aus dem Weinglas und blickt versonnen auf den doppelten Weihnachtsbaum.

»Ganz schön miggriche Strünke. Mensch, holen Se sich mal eenen Plasteboom. Ich hab's dies Jahr andersrum gemacht.«

»Wie andersrum?«

»Nu, e echten Plasteboom und dadroff echte Kerzen. Was denken Se, wie herrlich das brennt!«

Herr Zieschong springt auf. »Wie Zunder!«

Frau Bähnert schreit erschreckt auf. »Herr Zieschong, wie spät is es? Nicht, daß de Kerzen schon runter sind?«

Herr Zieschong streift sich seine alte Feuerwehruniform über und schnauzt: »Frau Bähnert, wie oft hab ich Sie schon belehrt!?« Er greift zum silbernen Helm und dreht sich bedeutungsvoll um. »Gerade ich – als Ihr persönlicher Feuerwehrmann!«

Beide stürzen ans der Wohnung. Frau Bähnert jammert im Treppenhaus. »Meine Hornzsche fackelt ab! Löschen Se, sonst können mer'n Stollen in de Esse schreiben!«

»Ihre Schlüssel, Frau Bähnert!«

»Der steckt an der Kellertür unten.« Herr Zieschong rutscht bäuchlings das Treppengeländer hinunter. Frau

Bähnert hastet auf den Stufen nebenher. In der Hand einen Feuerlöscher. Der Schlüssel steckt nicht an der Kellertür. Beide stürmen die Treppe wieder hinauf. Beherzt rammt Herr Zieschong mit der Schulter die Bähnertsche Wohnungstür ein und brüllt: »Schlauch verlegen!« Frau Bähnert drückt Herrn Zieschong eine Bierflasche in die Hand. »Löschen frei!« Frau Bähnert setzt den Feuerlöscher in Aktion ...

Der Baum ist total verkohlt, auch das Buffet hat etwas abgekriegt. Überall Schaum. Frau Bähnert weint still in den Scheuerhader. »Am Heiligabend, so 'ne Bescherung! Und das nach der Einheit!« Frau Bähnert zieht eine Schublade auf. Darin liegen ein angekohlter Stollen und zwei Orden. Einen nimmt Frau Bähnert und heftet ihn Herrn Zieschong an die Brust.

»Frau Bähnert, ich war zwanzig Jahre bei den Roten Feuerteufeln, aber diese hier – de Lebensrettermedaille blieb mir versagt. Wo ham Se denn die her?«

»Vom Trödelmarkt. Die sollten Se eechentlich erscht Weihnachten kriegen. Sollte 'ne Überraschung wer'n.« Frau Bähnert schluchzt.

Herr Zieschong nimmt Haltung an. Hände an die Naht. »Frau Bähnert, ich diene der Deutschen Demokratischen – Bundesrepublik Deutschland.«

Beide ziehen mit dem angekohlten Stollen wieder in Herrn Zieschongs Wohnung, Frau Bähnert kratzt das verbrannte Eckchen ab. »Een Glück, daß mir das Gebäck dem Flammenmeer entreißen konnten.«

Herr Zieschong, mit stolzgeschwellter Ordensbrust und in aufgeräumter Stimmung, kippt einen Schnaps hinter. »Nu wollen mir uns bescheren.«

»Mit was ham Se denn dieses Jahr gerechnet, Herr Zieschong?«

»Eenmal große Schnuppentücher, zwee Paar Socken und 'ne Fernet Branka.«

Frau Bähnert reagiert säuerlich. »Fernet Branka? Die CäDä hatten se ni. Aber das andre stimmt. Und ich bekomme von Ihnen eenmal Apizon-Fußbad, zwee Kopptücher. Und ganz sicher e Gutriech-Wasser vom Otto Kolonnsch.«

Beide rupfen ihre Geschenkpäckel auf. Frau Bähnert ist gerührt. »Danke, mei Guter, das is ja mehr als mir zusteht. Was is'n das?«

»Das ist ein Honigspender!«

»Das ist ja herrlich. Aber wie kriegsch den Honig da nein?«

»Warmmachen!«

»Meine Herren, das klebrige Zeuchs und der Offwasch dann! Na, ich freu mich ja schon, daß Se an mich gedacht ham. Wissen Se, wie viele Weihnachten alleene feiern müssen?«

»Und wieviele schenken sich unnützen Krempel!«

Frau Bähnert hält ein Goldkettchen hoch. »Herr Zieschong, nee, das muß ja e Vermögen gekostet ham?« Sie legt sich den Schmuck ums Handgelenk.

»Nee, nee, Frau Bähnert. Das is e Fußkettchen.«

»In mei'm Alter?«

»Da habsch schon ganz andre mit rumrennen sehn. Der Verkäufer meente ooch, gerade für de reifere Dame im hohen Al... Sommer e Muß. Außerdem, Frau Bähnert, isses ooch immer wieder e begehrter Blickfang.«

Frau Bähnert schließt die Kette um die dünne Wade. »Nu, wenn Se meinen.« Das Kettchen rutscht auf die Kamelhaarlatschen hinunter. Frau Bähnert drückt Herrn Zieschong einen sanften Kuß auf die Stirn. »So, ich bedanke mich nochmals offiziell ganz herzlich.« Herr Zieschong ist verlegen. Frau Bähnert guckt noch mal zu dem Bild, das Herr Zieschong gemalt hat. »Das is doch de Mona Lisa?«

»Quatsch, das is de Tochter von dor Döring!«

»Die hat sich von Ihnen malen lassen? Ah, das paßt zu der!«

»Ne Du, de schlummernde Döring.«

Frau Bähnert legt sich in der Pose der Venus auf das Sofa. »Se sind mir ni böse, aber meine Knerzeln. Bloß e Viertelstündchen. Dann machen mir e scheenen Verdauungsspaziergang und gucken bei de Leute in de Fenster – das is immer's schönste an Weihnachten.«

Herr Zieschong deckt Frau Bähnert mit der karierten Wolldecke zu. »Und im nächsten Jahr schenken mir uns mal nischt!«

Existenzgründerzeit

Abendstimmung. Abendklang von den Glocken der nahen Christus-Kirche. Die Sonne verschwindet glutrot hinter den brüchigen Dächern. Frau Bähnert guckt, auf ein Sofakissen gestützt, aus dem Fenster. Neben ihr Herr Zieschong. Beide blicken sorgenvoll in die Zukunft sowie die Straße hinunter. In ihrem Rücken pfeift aus der Küche der Wasserkessel. Frau Bähnert blickt Herrn Zieschong befehlend an. Der macht keine Anstalten. »In de Mitte offgießen, Herr Zieschong.«

Herr Zieschong schaut versonnen der sinkenden Sonne nach. »Frau Bähnert, wissen Se, was ich de ganze Zeit schon denke?«

»Hoffentlich is der Bohnenkaffee bald fertsch!« Beide gehen in die Küche. Herr Zieschong nimmt den Kessel vom Gas. Frau Bähnert führt seine Hand. »Gießen Se vom Rand aus! Wichtig!«

»Ne, ich denke: jetzt, wo de Zeiten immer härter werden in Deutschland ... een Glück, daß mir de Diktatur noch miterlebt hamm. Uns fällt dadurch heute vieles leichter. 's nächste ma gießen Sie aber wieder off, mir fällt's schwer.«

Im Zimmer ist der Couchtisch gedeckt. Frau Bähnert stellt die Kaffeekanne neben den gedeckten Apfelkuchen. Frau Bähnert stülpt Herrn Zieschong mal wieder rote Wolle über die gespreizten Hände und beginnt, daraus ein Knäuel aufzuwickeln. Herr Zieschong möchte lieber Kaffee trinken.

»Also, Herr Zieschong, nu sitzen Se doch mal stille, Sie soll'n links fallen lassen, ne rechts!«

»Aber links ist organischer, Frau Bähnert, wie lange dauert denn der Abwickelvorgang noch?«

»Bis es für Ihre Socken langt, und hörn Se off mit dorwieren, hätten Se mal lieber damals richtsch mitgemacht bei der Messe der Meister von morgen, wäre Ihnen der Start in de soziale Marktwirtschaft viel leichter gefallen.«

»Das stimmt, oder wenigstens studiert ... da krächtsch heute viel mehr Arbeitslosengeld.«

»Ja, genau, das ist doch wieder typisch ... immer den Weg des geringsten Widerstandes ... kee bissel Eigeninitiative, aber dann wundern, wenn sich der Kanzler von Ihnen abwendet und nach'm neuen Volk Ausschau hält.«

»Ich bin nicht das Volk ...«

»Nu, wenigstens das hamse begriffen. Ja, der Kanzler will sich wiedervereinigen. Nu raten Se mal, welches Volk er jetzt beim Wickel hat.« – »De Tschechen?«

Frau Bähnert ist entrüstet. »Wiedervereinigung mit de Tschechen? Nee, de Böhmen mähren doch so ... es geht um mehr als Europa in Deutschland!«

Herrn Zieschong gleitet die Wolle von den Händen. »Jetzt habsch den Faden verlorn.«

Frau Bähnert neigt sich vertraulich zu Herrn Zieschong hinüber und flüstert: »Der Kanzler lernt chinesisch!«

Herr Zieschong sperrt das Maul auf und klappt es wieder zu. »Wiedervereinigung mit China? Grandios! Deswegen war der ooch da unten und redete von Wandel durch Han-

Ilse gratuliert zur Neueröffnung von Günters Bulettenstudio

del.« Herr Zieschong wackelt mit dem Kopf. »Na, ob das gut geht?«

»Die Sonne geht im Osten auf, im Westen scheint se ja so schön ... unterzugehn.«

Durchs Fenster fallen glutrote Strahlen der Abendsonne. Herr Zieschong grinst fröhlich. »Wissen Se, Frau Bähnert, warum de Chinesen immer so lächeln?«

»Nee.«

»Die ham ihre Mauer noch!«

Frau Bähnert setzt sich aufrecht. »Also, Herr Zieschong, das ist bösartige Satire! Unternehmen Se lieber was in China. Ja, stelln Se was her, was es dort unten noch ni gibt. Hier, zum Beispiel de langen Streichhölzer ...«

»Also, 's Pulver und 's Feuer ham de Chinesen schon anno ...«

»Mensch, da machen Se ehm de Kuppen ab, und schon ham Se Stäbchen. Made in BRD. Oder Se machen 'ne Plastebude off. Warten Se mal.« Frau Bähnert schlurft ins Badezimmer, kramt dort herum und kommt zurück. Triumphierend hält sie einen zusammenklappbaren Plastebecher hoch, ein frühes DDR-Spitzenprodukt. »Hier, Herr Zieschong, ham Se 'n Prototyp!«

Herr Zieschong verdreht verzückt die Augen. »E Tourist-Plastebecher!« jubelt er. »Ne, das ham se in China noch ni. Zahnputzbecher, Eierbecher, Trinkbecher und off de Kehrseite 'n Spiegel, ne, das ham se noch ni.«

»Na, sehn Se! De erschte Idee is immer gratis. Oder Se stelln mal 'ne ordentliche Pyramide für die her.«

»Das könn'n die im Erzgebirge besser als ich. Außerdem sind mir momentan de Hände gebunden. Und – Frau Bähnert – in China arbeiten ... Mensch, midd'n Nahverkehr dort runter.«

»Ham Se oh recht, und immer so früh raus – wechen dem frühen Sonnenoffgang im Osten. Das ist ja off de Dauer mit Strapazien verbunden.«

»Eene Zumutung wär das. Für'n Arbeitslosen. Und Chancen hab ich ja ooch hier.«

»Sie ham doch hier keene Chance mehr, Herr Zieschong.«

»Und ob, Frau Bähnert, und ob!«

Herr Zieschong lehnt sich auf der Couch zurück und schließt die Augen.

In seinem innovativen Hirn ziehen rosarote Träume herauf. Aus einem Nebelschleier steigt golden die Sonne empor. Eine Gummipalme wiegt sich im Wind. Aus der Ferne trommelt afrikanische Folklore. An einem Mast steigt die Sachsenfahne empor. Mitten auf einer grünen Wiese erhebt sich eine Baracke, früher Lagerschuppen einer Bauhandelsgenossenschaft. Davor stehen vier Plastetische mit je vier weißen Plastestühlen unter Coca-Cola-Sonnenschirmen. An der Baracke verkündet ein handgemaltes Schild: »Günthers Bulettenstudio«! Zapfhahn und alte Registrierkasse der Marke »Secura« sind gewienert. Das Schild an der Tür wird von »Geschlossen« auf »Geöffnet« gewendet. Herr Zieschong steht, die Arme verschränkt, vor seinem Restaurant und erwartet den ersten Gast. Ein dicker Daimler naht, stoppt. Heraus quält sich ein beleibter Herr im Armani-Sakko. Herr Zieschong eilt mit ausgebreiteten Armen auf ihn zu.

»Herr Sahner, ich freue mich, daß gerade Sie mei erster Kunde sind!« Er macht einen Bückling.

Herr Sahner lächelt hintergründig. »Ich werd auch Ihr letzter sein.«

»Nu, das hoffen mir doch ni, ich hab hier alles reingesteckt. Sogar'n Kredit habsch off mich genommen.«

»Kredit aufgenommen? Ja, ja – natürlich ... bei Ihrer Nachbarin vielleicht.«

»Genau, bei der Frau Bähnert. Das bleibt aber unter uns. Sie, woher wissen Sie'n das überhaupt?«

»Jetzt hör mal zu, du Flachzange, ich hab nicht ewig Time. Sieh zu, daß du Land gewinnst.«

»Herr Sahner, bitte nicht wieder diesen Ton, ja, ich muß kein Land gewinnen, denn das gehört mir. Bitte, hier ist der Pachtvertrag – über zehn Jahre!«

»Auf deinen Pachtvertrag ist geschissen! Hier entsteht eine Kläranlage.« Herr Sahner zieht ein Handy aus der Sakkotasche und pfeift hinein. »Den Bulldozer!« Dann wendet er sich Herrn Zieschong erneut zu. »Paß auf, ich faß mich kurz – de Einheit ist teuer!«

Herr Zieschong barmt. »Herr Sahner, aber ich, Herr Sahner, bitte, das kann doch ni wahr sein. Mer sind doch hier ni im wilden Westen.«

»Nein, aber im nahen Osten.«

Der Bulldozer biegt fauchend um die Ecke.

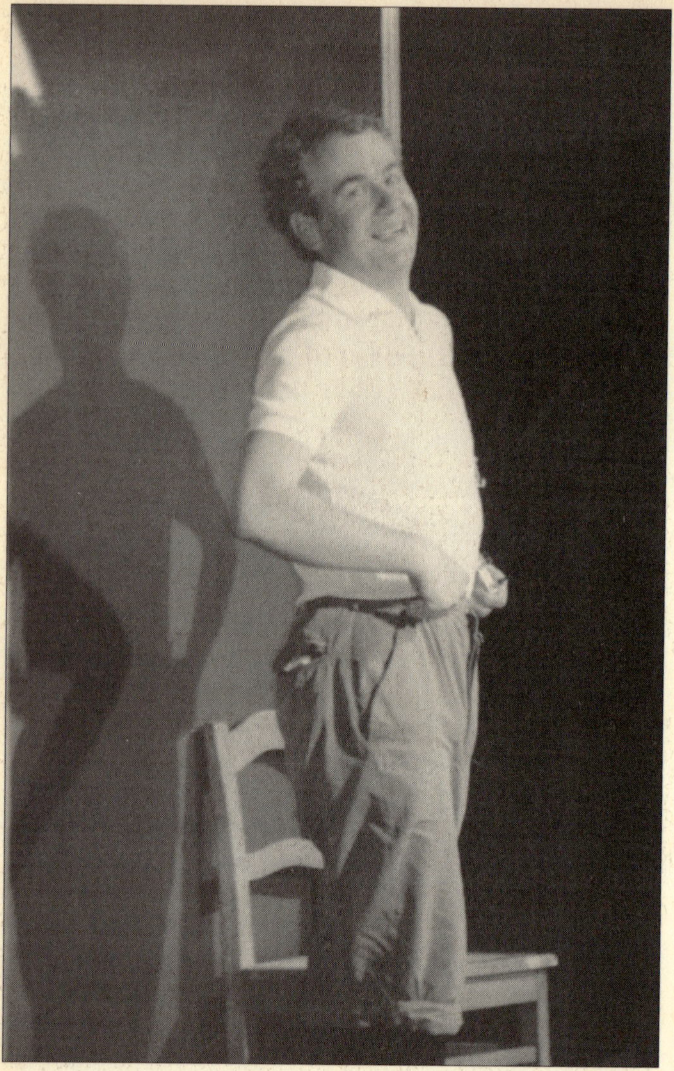

Letzte »Ostalgie«-Vorstellung am 7. Oktober 1996 im Festzelt der Sächsischen Staatskanzlei beim »Tag der Sachsen«, Torgau

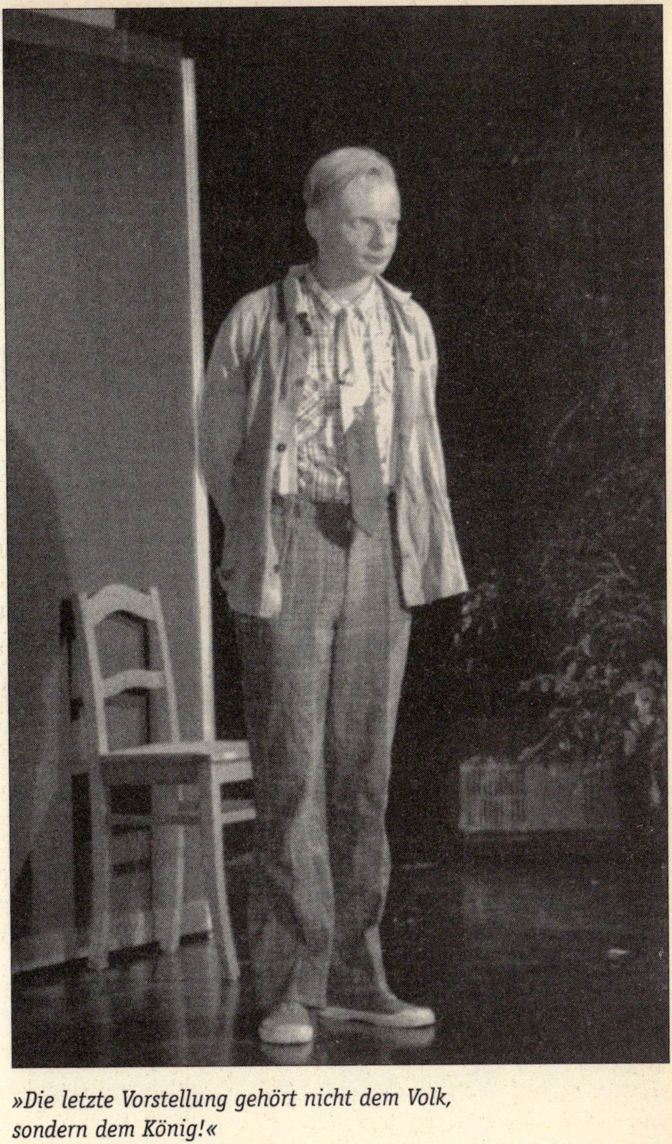

»Die letzte Vorstellung gehört nicht dem Volk, sondern dem König!«

Herr Zieschong schreit verzweifelt. »Hilfe, Hilfe! Hau ab, du Besatzer!«

Herr Sahner dreht lässig am Siegelring. »Besitzer!«

Und flugs ist die Baracke zusammengeschoben. Herr Sahner tritt seinen Zigarrenstummel aus. »So, morgen früh kannst du dich bei mir melden, vielleicht stell ich dich ein ... als Chef der Aufräumungsbrigade.« Der Dicke lacht auf, schiebt sich in den Daimler und braust davon.

Herr Zieschong hat die Hände gefaltet, er weint hemmungslos. »Das ist das Ende.«

Ein kleines Kofferradio der Marke Sternradio liegt unversehrt zwischen den Trümmern, es dudelt unverdrossen den Hit von Rosemarie Ambé: »Es fängt ja alles erst an.«

Herr Zieschong schneuzt in das gerettete Sachsenbanner, dreht es zu einem Strick. Er legt sich die Schlinge um den Hals und schreitet tapfer zum stehengebliebenen Fahnenmast.

Da – kommt Frau Bähnert mit ihrem Tempo-30-Wagen über die Wiese geholpert. Sie wedelt mit einem Blumenstrauß aus der Fahrerkabine, bremst, klettert heraus.

»Mei guter Herr Zieschong, ich gratulier Ihnen ganz herzlich zur Restauranteröffnung.« Sie stolpert über das Schild mit der Aufschrift »Günthers Bulettenstudio«.

Herr Zieschong schluchzt. »Ach, Frau Bähnert, ich, ich ...«

»Ach, nu hörn Se off, wer wird denn weinen, bloß weil Se ni glei Schlange hier stehn. Aller Anfang is schwer. Deswegen nimmt mor sich ooch ni glei e Strick. Ich bin doch da. E Beffsteck bitte, Herr Gastronom – aber mit Kartoffelsalat!«

Herr Zieschong zeigt nur stumm auf den Schutt seiner unternehmerischen Anstrengungen. Zwischen den Trümmern rauchen die Buletten. »Der Sahner hat mich plattgemacht!«

»Wie bitte? Was? Wie plattgemacht?«

»Mit dem Bulldozer, einfach alles zusammengeschoben.«

»Mit'm Bulldozer! Nu, nu, und Hänsel und Gretel heeßt das andre Märchen.«

»Ich weeß, die Geschichte gloobt mir kee Mensch.«

»Nee, die gloobsch oh ni, das gloobt Ihnen nich e mal de Bildzeitung, Herr Zieschong. Hauchen Se mich mal an. Kann es eventuell sein, daß Se gar ni arbeiten wollen?«

»Ich will doch, ich will – aber der Absahner will ni. Fehlt bloß noch, daß Se denken, ich hätte die Sache hier getürkt.«

»Getürkt? Aha. War's am Ende e Ausländer?«

»Ja, einer aus Baden-Württemberg. Der will hier eene Kläranlage hochziehn – off mei Pachtland!«

»Ne Kläranlage? Mir kriechen eene Kläranlage. Endlich, danke. Gott sei Dank, wurde ja Zeit.« Sie rückt an Herrn Zieschong heran, der immer noch die Schlinge um den Hals hat und auf seinen rauchenden Bulettentrümmern hockt. »Wußten Sie, Herr Zieschong, daß ich's verzsch Jahre angehalten habe?«

»Was? So lange mußten Sie nicht offs Klo?«

»Ich konnte nicht, Herr Zieschong. Nicht mal zur Not durft' ich! Ohne den Westen wären mir in unserer eigenen Sch... Schande umgekommen!«

»Ja, aber mit'm Westen ooch ...«

»Hör'n Se off. Mensch, Herr Zieschong, ich versteh doch Ihre Bitternis, mei Guter. Und wenn's wirklich so war, wie Sie's sagen, ist das schlimm, sehr schlimm und schade und durch nichts zu entschuldschen. Aber – der Zweck heiligt de Mittel!«

»Stimmt! Mittel wird er ooch noch kriegen! Fördermittel. Nur ich steh jetzt da, mittellos. Überhaupt – wie soll ich denn Ihnen jetzt de Schulden bezahln?«

»Ei Gott, na eben, ich häng ja in der Würstelbude ooch mit drinn. Aber da sehn Se wieder: De Sieger von gestern, sind de Bettler von heute. Komm' Se – ich helfe Ihnen bei der Vertilgung der ersten Rate.« Sie beißt kräftig in die Bulette.

»Na, Frau Bähnert, wie schmeckts?«

»Wie gebraten – na ja, der Bäcker hat gewonnen!«

»Vielleicht kann ich ja so eene Pachttoilette übernehmen. Kleenvieh macht ooch Mist.«

Beide gehen zum Tempowagen hinüber. Herr Zieschong kaut nun auch eine Bulette.

»So gefall'n Se mir schon besser, Herr Zieschong. Nu klar war's 'ne Niederlage für uns.«

»Aber gerade der Rückschlag birgt ja auch die Chance für einen Neuanfang. – Genau: mir sind am Ende, aber mir stehn am Anfang!«

Frau Bähnert schiebt den Schlüssel ins Zündschloß. »Am Start erkennt man den Sieger.«

Der Motor tuckert hustend.

Frau Bähnert hebt den Zeigefinger und doziert: »... und den Verlierer!«

Herr Zieschong guckt betrübt. »Jetzt kommsch gar ni mehr mit.«

»Passen Se mal off. Wenn mir uns noch e mal verzsch Jahre verweigern, also ni müssen, hat sich den Sahner sei Offschwung von selbst geklärt!«

Beide lachen und holpern über die Wiese davon in Richtung Chaussee. Auf der Landstraße reiht sich Freßhänger an Freßhänger. »Trudels Kipp' was«, »Egons Bulettenoase«, »Jürgens Broilerschmiede«, »Erichs Wurstparadies« und »Ernas Klops-Treff-Center«. Weit und breit kein Kunde.

Frau Bähnert zeigt aus dem Tempo-Fenster. »Nu, gucken Se sich doch das mal an: So sieht er nu aus – der Standort Sachsen.«

»Bitter! Außer Fleisch- und Wurschtbuden fällt denen ooch nischt ein.«

»Aber Konkurrenz belebt das Geschäft.«

Herr Zieschong verzieht spottend das Gesicht. »Man sieht's deutlich. Übrigens, Frau Bähnert, wissen Se, was ich ni begreife. Wieso kommt von denen nicht einer auf die Idee, sich mal mit Käse um Profit zu bewerben?«

In diesem Augenblick bremst Frau Bähnert vor einem Imbißwagen mit dem Schild: »Ilses Käseinsel.« Lässig und mit gönnerhaftem Blick steigt Frau Bähnert aus und geht gleich vorn an die Schlange der Käufer heran. Der Verkäufer reicht ihr einen Geldkoffer herüber. »Die Tageseinnahmen, gnädige Frau. Was darf's denn sein?«

»Ich hätte da gern was von dem schönen Nikki Gauda ...«

»Ja, wir haben da im Angebot alten, jungen oder mittelalten.«

»Na ja, dann ... mehr so mei Alter.«

»Also, Gouda jung, Frau Bähnert.«

Er wickelt ein Riesenstück ein und reicht es herüber. Herr Zieschong staunt Bauklötzer und hat den Mund weit aufgerissen. Frau Bähnert nimmt das Stück und verstaut es in ihrem Dederoneinkaufsbeutel. »Danke, Olaf. Abrechnung wie gehabt. Und hier, de Servietten, ursch ni gar so damit rum!« Kurzerhand viertelt Frau Bähnert mit dem Käsemesser die Servietten. »De Hälfte machts ooch. Bissel mit an de Nebenkosten denken! Die sind nämlich kee Hohn.«

Der Verkäufer nickt verständig. »Sehr wohl, Frau Bähnert, ich werf in Zukunft e Ooge auf die hohn Nebenkosten.«

Frau Bähnert reicht Herrn Zieschong ein Käsespießchen. »Hier, mei guter Herr Zieschong, lassen Se sich's schmecken. Käse schließt den Magen.«

Herr Zieschong staunt noch immer. »Ich gloob, ich wer meschugge. De Frau Bähnert, eene waschechte Kapitalistin! Ich wußte gar ni, daß Sie noch e Standbein ham.«

»De Käseinsel ist und bleibt mei Spielbein, Herr Zie-

Bei einer Signierstunde nach der Vorstellung

schong. Sie sind ja nu leider weggebrochen.« Sie gibt Herrn Zieschong ein Mark-Stück.

»Was sollsch'n damit, Frau Bähnert. Ham Se jetzt ooch schon Einkaufswagen off Ihrer Insel?«

»Nee, Herr Zieschong, damit gehn Se jetzt zum Treuhandnachfolger und fragen, ob noch e Betrieb übrig is – aus den ihrer Konkursmasse.«

»Unsrer Konkursmasse. Mir ham den Krieg – den Wettlauf mit der Zeit verlorn. Aber bloß 'ne Mark?«

»Das reicht für 'ne Plastebude. Sie müssen investieren.«

»Investieren, inostieren, nu klar.« Er grübelt, dann hellt sich seine Miene auf.

»Nu klar, Frau Bähnert, mer machen een Plan. Mer brauchen: einen Tourist-Plastebecher, zweihundert Liter Benzin, eine tschechische Landkarte und einen Auftrag von der Bundeswehr.«

»Von der Bundeswehr? Se soll doch ni schießen, sondern arbeiten, bis de Schwarte knackt!«

»Frau Bähnert, das will ich ja. Meine Idee ist: Ich statte de Bundeswehr mit diesen wunderschönen klappfähigen Plastebechern aus.«

»Nu aber, die ham doch ihre Feldflaschen.«

»Wissen Se, wie schwer die Griebel sind. Plaste is de pure Marscherleichterung. Damit komm' se schneller ans Ziel.«

»Stimmt. 's brennt ja allerorten. Wenn das so weitergeht, bereist de Bundeswehr de halbe Welt. Da käme Ihr Freizeitbecher ooch ganz schön rum.«

»Tja, Frau Bähnert, eine Idee – ein Markt. Heute gehört uns Deutschland und morgen ...«

»... ist ooch noch een Tag. Und ham Se denn schon 'ne Werbekompanie?«

»Kampanie, nu klar. Mei Spruch is: Mir löschen den Brand!« Herr Zieschong holt einen Flachmann aus der Jackentasche. »Frau Bähnert, ich seh uns schon belobigt vom Volke vorm Volker. Een Foto vor der entfalteten Truppenfahne. Prost off de Bundeswehr!«

Frau Bähnert nimmt auch einen Schluck aus der Flasche, bevor sie wieder Hand ans Lenkrad legt.

»Auf die Zukunft! – Aber wozu brauchen mir die tschechische Landkarte?«

»Billiger produzieren im Ausland.«

»Und die zweihundert Liter Benzin?«

»Damit fahren mir jetzt an die Front und stellen unser Konzept glei mal vor Ort vor. Das ist der sicherste Weg für'n Auftrag!«

»Ich soll da nunter, Herr Zieschong? Se sind wohl durch-

Im Klubhaus der Eisenbahner: Gemeinsam einsam

gedreht? Nee danke, das ist Ihr Betrieb. Geben Se mir de Mark wieder!«

»Frau Bähnert, uns kann doch gar nischt passieren. Die Bundeswehr ist doch eine friedliebende Armee. Und de Amerikaner und Franzosen sind ooch dort. Die beschützen uns.«

»Nee, nee, Herr Zieschong, ich will lieber meine Mark zurück. Geben se mir de Mark! Off Mark und Feng!«

Frau Bähnert rüttelt an Herrn Zieschong herum.

Der rosarote Nebel verzieht sich. Wie aus Wattewolken hört Herr Zieschong Frau Bähnerts silberhelle Stimme. »Herr Zieschong, was is'n mit Ihnen? Jetzt is der Kaffee kalt, der echte Bohnenkaffee. E Viertel Rondo zu acht Margg un siebzsch Fenge.«

Herr Zieschong reibt sich die Augen und blickt sich um. Er ruht in Frau Bähnerts guter Stube auf dem Sofa. Mit einem Ruck setzt er sich kerzengrade auf. »Nee«, sagt Herr Zieschong, »dann machsch doch lieber nach China!«

Und hinter den Dächern von Dresden-Pieschen ditscht de Sonne ins Häusermeer nein.

Nachwuchs – René und Robert aus Chemnitz, Ostalgie-Fans

Bildquellen

Hans-Ludwig Böhme (S. 11, 15, 65, 75, 91, 115, 118, 158, Rücktitel), Marion Gröning (S. 197), MDR (S. 20, 134, 209, Titel), Wolfgang Mühlberg (S. 18, 67, 68, 191, 192, 196), Jörg Schubert (S. 174, 175, 218), Archiv Uwe Steimle (S. 29, 30, 42, 94, 97, 99, 121, 136, 190, 212, 213, 220, 223)